CB073058

MUNDOS DE UMA NOITE SÓ RENATA BELMONTE

MUNDOS DE UMA NOITE SÓ RENATA BELMONTE
E UMA VALSA PARA O ESQUECIMENTO

ALBERT CAMUS
BODAS EM TIPASA

Maria Rosa:

BODAS EM TIPASA

Meu irmão,

Muito obrigada por cada um dos anos que passamos juntos. Eu não os teria suportado sem você. Preciso que saiba que, apesar das nossas diferenças, sempre o amei.

Em breve, o mundo passará a me tratar com sua crueldade característica. Não tenha medo. Apenas levarei a vida que escolhi. Mal consigo aguardar a chegada de tamanha liberdade. Espero que goste deste livro de Camus. Há também de existir, no meio deste nosso longo e rigoroso inverno particular, um verão invencível em mim. Com amor,

Sua irmã 13/12/1970

Navegaste com ânimo impetuoso para longe da morada paterna. Transpondo os duplos rochedos do mar e, agora, habitas uma terra estranha.
MEDEIA

INVERNO, 2000

Na casa onde cresci, não havia fotografias com homens. E as mulheres emolduradas, nos porta-retratos da nossa pequena sala de estar, me pareciam jovens demais para servir como personagens da história da família que nunca tive. Minha mãe costumava contar que aquelas moças eram nossas tias e que moravam na sua cidade de origem, um lugar muito distante. Não raro, mudando o tom de voz, ela narrava casos de sua infância e falava sobre a ilustre senhorita que enfeitava a mesa principal: minha avó. *É uma longa tradição... Minha mãe era linda, eu sou linda, espero que você não fuja à regra.... Melhor legado não poderei deixar.* Houve um dia, no entanto, que após um destes seus comentários, a pergunta veio à tona: *Como era o rosto de minha avó na data de sua morte?* Passado o espanto inicial, olhando fixamente para mim, ela disse: *Idêntico a este que você vê no retrato. Acontecerá o mesmo conosco: partiremos deste mundo muito cedo, antes da devastação dos nossos traços e da destruição de nossas verdades mais absolutas.* Após ouvir suas palavras, não me contive: *viverei o suficiente para conhecer meu pai?* Mas isso, não, isso ela jamais respondeu.

Ele está diante de mim. Com a palma da mão estendida, espera a minha resposta. Fosse eu mais corajosa, promoveria o encontro de nossas peles, reconheceria com os dedos as linhas de sua vida, marcas de uma existência tão solitária quanto a minha. Já faz muito tempo que aguardo qualquer manifestação sua, um sinal, um retorno. E vem sendo assim, desde os primeiros anos da minha infância, quando me percebi portadora de uma dor estranha aos que me cercam.

Tendo-o tão próximo de mim, sinto-me profundamente comovida. Uma lembrança desliza na minha face, justifica seu nome: *Lágrima*. Apesar da certeza de que sempre esteve comigo, não podia imaginar que, justo nesta noite, viria ao meu encontro. Encaro seus olhos expressivos, procuro, na memória, pistas para uma certeza. Não, dele nunca existiram fotografias. Mesmo assim, aceito o meu palpite. Sua presença é impossível de ser confundida, há entre nós o silêncio que nomeia todas as coisas não passíveis de definição.

Passo a me esforçar para admiti-lo. Busco, nos que estão ao seu redor, a legitimação do meu assombro. Encontro, também nestes rostos, expressões tensas. Descubro-me cada vez mais temerosa. Dar veracidade ao nosso encontro, implica o desmoronamento de quase todos os meus mundos: sobram-me apenas os dos porta-retratos. Não, não estou louca por sentir medo desta nova realidade. Já passei por euforia semelhante. E, ainda cedo, compreendi que não há promessa mais perigosa do que a de extrema felicidade.

Das pessoas da minha vida quase nada sobrou. Partiram todas em busca de castelos de areia e acabaram afogadas em sonhos de maré alta. Desde que estou aqui, acredito que as vejo, na minha frente, em fila, buscando o meu perdão. Minutos depois, somem, tomam corpos de desconhecidos. Desespero-me. Gostaria de voltar a abraçá-las, fazer as perguntas perdidas, necessárias. Mas como tudo que se refere a mim, há obstáculos para isso. Portanto, não posso realizar meu desejo, apenas me resta ficar aqui, estática, impassível.

Durante os últimos anos, tive como objetivo principal alcançar marcos de normalidade. Filha de quem sou, não cometeria a tolice de subestimar os disfarces suntuosos da loucura. Sempre me pareceu a maior das violências conviver com oscilações abruptas de humor, me eduquei para suportar sozinha o peso do meu próprio corpo. Para sobreviver, fingi que pertencia à espécie delas, tão crentes de seus ideais de beleza, tão fiéis às suas misérias íntimas. Para fugir das minhas mães, vim parar aqui, nesta cidade longínqua. Para seguir um caminho oposto ao delas, insisti em retomar tudo aquilo que, ainda muito jovens, elas abandonaram.

Ele fixa seus olhos no meu pescoço. Pausadamente, analisa a pequena chave que carrego pendurada na corrente de ouro. Tenho vontade de lhe contar que, só hoje, tomei coragem e desvendei o segredo da minha família. E que, como punição para o meu ato, demoliram a casa onde cresci. Pelo que me consta, dela sobrou apenas uma porta, uma velha e enorme porta de madeira que, quando aberta, não permite mais a entrada de ninguém em lugar algum. Com o fim daquela casa, desapareceu a criança que já estava acostumada a tudo suportar. Com frequência, escuto seus gritos, mas sei que é inútil tentar salvá-la. Sob os escombros, ela está enterrada. Para sempre. Ela, a menina que não teve direito a um velório. Ela, a menina-estrela que jamais se pôde.

Toda noite tem seus mortos, lembro. E, mesmo possuindo consciência da importância deste momento, não, não sei se quero aceitar o convite dele para dançar. Tento ver seus sapatos, mas não consigo, sou impedida no exato instante em que ensaio algum movimento. Ele se encontra muito próximo, apesar da enorme distância que, agora percebo, sempre coloquei entre nós. Além disso, como de costume, encontro-me à parte de tudo. Ainda pequena, compreendi que meu destino era ser igual a esses manequins expostos nas vitrines. Nasci e cresci entre vidros como um peixe colorido. Mesmo hoje, persiste a barreira impeditiva. Ela é espessa, impossível de ser ignorada. Tentar ultrapassá-la representa o mesmo que consentir o risco de novos cortes. Com vidro e gente não se brinca, sei de cor e salteado. Tenho largas feridas espalhadas pela alma e pelo corpo.

Respiro fundo. Eu não o compreendo. Por que veio ao meu encontro só agora? Sempre estive à sua espera. Apartada. Olhando para mundos distantes e fugazes. Sozinha.

Minutos depois, me conformo. E então agradeço que esteja aqui, assim, tão perto. *Trinta anos esta noite.*

Ele está diante de mim. Com a palma da mão estendida, espera a minha resposta. Mas antes que eu tome qualquer atitude, algo se mostra necessário. Preciso dar um nó no tempo. Organizar minhas recordações de acordo com o meu sofrimento. Devo lembrá-lo da minha história.

Esta sou eu, aos doze anos, nua. Chorando a despedida de uma era. Observando a dissolução de algo que jamais foi sólido, mas apenas só. Meu irmão caçula está ao meu lado, tem cabelos grisalhos e mãos trêmulas, envelheceu os anos impossíveis. Com a voz fraca, me diz que, a partir de agora, não poderá mais existir. Sou tomada por uma dor terrível no abdômen, imploro que me leve consigo. Há muito que sinto no corpo um cheiro de morte. Firme, ele nega meu pedido e defende que ainda preciso viver muito para descobri-lo, para nos entender. Vejo a sua imagem ir desaparecendo, grito, reluto em aceitar sua partida. Minutos depois, Lágrima entra no quarto e, ao perceber meu estado, me consola com palavras cheias de emoção. *Não se nasce mulher: torna-se*, ela repete, enquanto sangue escorre entre as minhas pernas.

No início de tudo, éramos apenas três: minha mãe, Lágrima e eu. Mas deixe-me começar de onde realmente interessa. Sete anos antes da minha primeira menstruação, estou deitada numa cama de solteiro e choro muito, ainda não sei como lidar com a tensão presente naquele quarto. Elas, sentadas nos extremos do sofá de visitas, anunciam uma nova guerra, culpam-se mutuamente pelo meu estado. E é assim que nos tornamos quatro: para retirar das minhas costas o peso de ser filha única das duas, me divido, crio um outro, dou à luz o meu irmão. Tomada por um mal-estar enorme, vomito. Estou cercada de paredes brancas, tudo parece novo e limpo, estamos num hospital de luxo. Elas não se importam em gastar dinheiro com nada relacionado à minha saúde, mesmo assim, sinto-me culpada pelo meu estado. Nervosas, minhas mães finalizam suas frases pronunciando meu nome artístico como se isto pudesse me salvar do mal pior. Escuto serem repetidas as sílabas que me envergonharam por toda a existência e que, por ironia, depois de tudo que aconteceu, se tornaram as únicas referências de quem sou. Levarei esta excentricidade até o túmulo, jamais deixarei de me identificar com a mistura de sons estranhos com a qual fui por elas batizada. Minhas mães contam que fui chamada assim em homenagem às suas duas artistas favoritas, dizem que serei uma estrela, nasci para brilhar. Percebo que se iludem com a ideia de uma perpetuidade, anseiam que eu enlace as pontas rebeldes de seus sonhos não realizados. De algum modo, somos todas parecidas, carregamos um mesmo sobrenome. Mas, não, não formamos um tecido. Na realidade, não passamos de retalhos contíguos de uma colcha de *patchwork* esquecida dentro de um armário mofado.

Enquanto invento meu irmão, elas lutam por aquilo que pensam ser o meu amor. Ao mesmo tempo, prometem que estarão sempre comigo, independentemente, do que venha a acontecer. Apesar destas afirmações, não me sinto melhor. Sou ainda pequena, mas já me encontro ciente do teatro que é a minha vida. Não foram poucas as vezes em que as vi representando, fingindo ter feito as pazes. Sei que, logo depois deste momento, voltarão a trocar ofensas, me colocarão como objeto motivador de qualquer agressão. Foi nesta época, quando tinha apenas cinco anos, que elas me ensinaram que o amor é apenas um anticorpo do medo. Uma invenção para nos sentirmos fortalecidos diante da nossa inevitável solidão.

É do meu corpo doente, infantil, que nasce meu irmão. Fruto de um órgão por mim nunca descoberto, oriundo de um lugar tão real quanto misterioso. Um pouco mais velha, na escola, eu procuraria nos mapas humanos este espaço jamais revelado. Acreditava que era meu dever explicar para meu irmão sua verdadeira origem, sempre sofri por desconhecer a minha. Na ocasião, por ainda não ter obtido qualquer pista relevante, acabei concluindo que, da mesma forma que eu, ele fora concebido de um vazio. Ambos nascemos do nada e precisávamos nos contentar com nossas mães estranhas e insensatas. Este parecia ser o principal elo que nos unia: éramos produtos exclusivos do feminino. Mas havia, sim, entre nós, uma grande diferença: meu irmão possuía a enorme vantagem de se tornar invisível. Desaparecia quando desejava, tinha esta possibilidade. E, não, nunca foi nenhum consolo para mim acreditar nas palavras de Lágrima. Ao contrário do que ela dizia, eu jamais achei que era como o Jesus menino. Porque além de ele saber a real identidade de seus pais, ainda possuía a sorte de ser filho de alguém divino.

Queimando de febre, observo o céu recortado pela janela e pergunto por Deus. Elas se olham desconcertadas, não entendem aonde pretendo chegar. Questiono com sinceridade. *Ele iria aparecer, naquele dia, para me levar?*

Mal eu sabia que esta era a primeira das minhas enfermidades e que, tempos depois, descobriria que muito mais doentes do que eu estavam Lágrima e minha mãe.

Uma minúscula sala, apenas dois quartos. Moramos num apartamento pequeno. E, desde os primeiros anos da minha vida, ela acompanha com certa frieza meus passos, me observa sem pudores, me ressinto por jamais ter conhecido o seu olhar amoroso. Em qualquer época, será considerada lindíssima, seus traços clássicos lhe permitem uma superioridade estética natural, quando comparada com as outras mulheres que se posicionam ao seu lado. Não tenho dúvidas: foi ela, foi minha avó materna, quem legou sua beleza para minha mãe. Eu e meu irmão estamos acomodados no sofá e analisamos também os rostos de nossas tias-avós, procuramos, nos porta-retratos de prata, alguma que seja menos favorecida fisicamente. Fazemos isto porque precisamos de uma explicação para a estranheza de Lágrima. Não que ela seja totalmente desprovida de encantos. É uma pessoa calma e silenciosa, devota um grande amor aos livros. No cotidiano, costuma ser ponderada, apenas se exalta com as provocações que minha mãe faz. Magra e alta, ela até teria algumas qualidades para ser considerada bonita. Só que carrega consigo uma ignorância sobre como se combinam as coisas deste mundo, característica que revela um peculiar tipo de infantilidade e que se reflete de modo negativo na escolha de suas roupas. Ao contrário das peças lindas que costura para minha mãe, Lágrima costuma se enfiar em vestidos estampados, muito coloridos. Maquia-se com excesso. Neste dia, pintou os olhos com tons de azul e está usando um conjunto florido sem mangas, item recorrente no seu vestuário. Penso que ela tenta, arrumando-se desta forma, trazer pequenas alegrias para seus dias de solidão. Mas a verdade é que nenhuma roupa cai muito bem no seu corpo, tudo o que costura parece ter sido feito não por, mas sim contra ela. Há algo perturbador na sua figura que a impede de ser bela, algo que me escapa e que não consigo explicar. Quando não está em silêncio, Lágrima cantarola, em espanhol, músicas antigas. Ela ainda não foi reconhecida pelo público como deveria, mas é uma excelente cantora, isso nem minha mãe pode negar.

Na mesma mesa em que ficam expostas as fotografias em preto e branco das mulheres da nossa família, existe um retrato de cada uma de nós sorrindo, nós, as donas da casa. Digo ao meu irmão que não se incomode com sua existência em segredo, chegará o dia em que reunirei os homens que amo e que apareceremos juntos, num porta-retratos dourado. Sim, porque tenho esperança de conhecer meu pai. Procuro-o nos programas de televisão, busco parentesco com todos os artistas que vejo. Minha mãe costuma falar que, no futuro, revelará sua identidade, entenderei seus motivos quando eu crescer. Para ela, basta que eu saiba que ele é um ator muito bem-sucedido de filmes e novelas. Sempre que ouço tal explicação, sinto-me tão devastada quanto orgulhosa. Gostaria de conhecê-lo, receber seus beijos e abraços, lhe dar os desenhos que faço. No entanto, a ideia de ter um pai famoso, mesmo sendo ele um completo desconhecido para mim, me coloca como alguém com possibilidades concretas de sucesso, me retira desta cadeia brutal, permite que eu acredite que estou imune a um tipo de pobreza inerente à vida que levo ao lado das minhas mães.

Desde esta época, eu já sabia: todo pai, em qualquer cultura, deixa algo para os filhos. A maioria promove ensinamentos que ajudam na transformação da criança em adulto. Outros disseminam seu ímpeto de vingança, reduzem suas criaturas em formas de fingir vencer a morte. Deste pai que não conheço, fantasio que herdarei um relógio enorme, onde grandes espaços se impõem entre os números. Deste pai que não conheço, desejo receber uma garantia de que terei mais tempo. Preciso de alguma sobrevida, necessito me livrar desta herança materna maldita. Minha mãe não se envergonha de afirmar que receberei intacto o seu tesouro da sua família, serei muito bonita, em breve, será impossível alguém discordar. *Até a morte nos respeita, minha filha. Ela leva todas da nossa linhagem muito cedo, antes que o passar dos anos, o mais cruel dos nossos inimigos, tente nos destronar.*

Analiso-me. Naquela mesa, estou do mesmo jeito que estive em todos os lugares da minha existência: espremida entre as figuras grandiosas de Lágrima e minha mãe. Habito o porta-retrato que separa o delas, sou sempre meio, jamais fim. Vendo nossos rostos tão próximos, estabeleço comparações. Constato: pareço com as duas. Fosse possível, acreditaria ser filha biológica de ambas. Influenciada pelas ideias de Lágrima, chego a me perguntar: e se eu for mesmo como o Jesus menino? Ele também morreu cedo e, apenas depois disso, se encontrou com seu verdadeiro pai. Com os dedinhos da mão entrelaçados, imploro para Papai do céu que me mostre o caminho, que me livre desta angústia terrível que me domina. Porque se eu for como o Jesus menino, devo me sacrificar, entender com serenidade as provações que Lágrima e minha mãe me fazem passar.

Apesar de tudo, somos crianças felizes, tento convencer meu irmão, enquanto ele insiste em depreciar a nossa infância. Ora, para que não restem dúvidas sobre a veracidade do que afirmo, peço que ele observe quanta sorte temos: estudamos numa boa escola. Possuímos um pai artista, muito rico e conhecido. Temos o que comer todos os dias, nunca faltou nada no nosso prato. Além do mais, como pensar que não somos felizes, ao vermos as imagens das crianças da África? Elas são tão tristes e magras! Lágrima tem razão: devemos, diariamente, agradecer pela vida que Deus nos dá. Olho para o crucifixo pendurado na parede e ensino meu irmão a rezar: *Pai nosso que está no céu, por favor, somente depois de eu conhecer meu pai, venha me buscar.*

Apenas agora, percebo: ao contrário do que sempre imaginei, havia, sim, um homem representado naquela casa. Ele estava ali, em posição de destaque, reinando afastado das mulheres habitantes da nossa mesa central. Aos sete anos, ainda com os olhos hipnotizados pelo crucifixo, de repente, sinto minha pele arder. E todas as extremidades do corpo do meu irmão começam a sangrar.

Ser abandonado por alguém que amamos é como descer uma escada infinita com os olhos vendados. Jamais nos recuperamos do pavor de sermos pegos novamente de surpresa, a cada passo salvo, a cada dia cumprido, o horror da quase queda seguido de alívio. No final da noite, num breve minuto parado, o desamparo derivado da incerteza: como suportar mais um ciclo? Como voltar a acreditar na vida, num afeto possível? Não seria melhor consentirmos logo o nosso próprio fim? Morrermos antes de sermos brutalmente magoados?

Sangue sai dos pulsos do meu irmão. Grito. Ao mesmo tempo, corajosa e covarde, entendo, pela primeira vez, o significado do termo suicídio.

Naquela casa, coisas não ditas, proibidas, sobreviviam ao lado de pequenas baratas nascidas dos cantos. Suicídio. Sim, eu já havia escutado algo sobre isso. Mas por ser muito nova, não compreendia exatamente o que significava. Ao me deparar com a palavra, minha memória apenas me conduzia para uma cena: minha mãe andando rápido, pedindo para alguém ajudar. Dois homens entrando na sala, eu começando a chorar. Lágrima caída num chão de nuvens, Lágrima num chão parecido com o céu, Lágrima rodeada de algodões. Lágrima saindo carregada, adormecida nos braços de um estranho. Minha mãe incomodada: aquela situação expunha ao público a intimidade de uma dor que ela partilhava, mas que preferia ignorar.

Há algo que, só depois do que descobri, aceito: não, minha mãe não estava presente quando dos primeiros sinais das minhas enfermidades. Era sempre Lágrima quem estava comigo. Somente ela compreendia meu mal-estar, pegava na minha mão, quando eu parecia não suportar mais. Também era Lágrima quem providenciava minhas idas ao hospital, alisava meus cabelos com delicadeza e contava aos médicos tudo que havia se passado. Eu jamais quis ser filha de Lágrima; na verdade, sentia vergonha dela. Além disso, admirava muito a força de espírito de minha mãe. Portanto, nestes momentos de sofrimento, era impossível deixar de reparar sua falta. Apesar da atenção que Lágrima me dedicava, eu me sentia incompleta. Durante todo o tempo em que eu ficava internada, criava desculpas para os abandonos maternos dos quais era vítima. Lágrima, diante do meu comportamento, nada dizia, mas sei que a nossa situação a entristecia profundamente. De alguma forma, sentia-se excluída, era a parte desvalorizada daquela relação triangular. Esforçava-se muito para ser querida, tentava fazer tudo perfeito, precisava ser reconhecida como alguém de valor. No entanto, quanto mais agia assim, maior era a sua distância do que tanto ansiava.

Minha mãe apenas aparecia quando tudo estava normalizado, gritava sem parar, perguntava por que não havia sido avisada com antecedência. Quase sempre, Lágrima lhe lançava um olhar de desprezo, mandava que fosse embora, dizia para ela fazer suas cenas em outro lugar.

Descubro: o que tanto me fascinava em minha mãe era o monopólio que ela exercia sobre a saúde da nossa pequena família. Ao contrário de nós, as outras mulheres vivas da casa, cujos corpos promoviam guerras incessantes como se fossem inimigos, minha mãe era apenas uma testemunha de tudo isso. Altiva, nunca ficava doente, se irritava ao me ver fraca. E, sim, dizia que iríamos morrer cedo, mas achava indigna qualquer doença, tinha certeza de que deixaríamos este mundo de uma forma elegante, súbita e sensata.

Tenho sete anos. Desesperada, grito. Lembro da história que Lágrima me contou, olho para o crucifixo, sofro pela sina do Jesus menino. O corpo dela também é todo marcado por causa das muitas injeções que é obrigada a tomar. Penso nela presa a uma cruz, me ressinto. Imagino: meu irmão está passando pelo mesmo drama do Jesus menino. Definitivamente, ele não está cometendo suicídio. Meu irmão me ama muito, jamais iria me deixar. Mas o que está acontecendo, então? Minha mãe chega e, aos gritos, exige que eu pare de me arranhar.

Num longo vestido de seda. O colo nu. Nas orelhas, um par de diamantes, presentes de um namorado que jamais cheguei a conhecer. Longos e finos cabelos arrumados com delicadeza. Ela não era muito alta, mas naquele momento, devido à minha perspectiva, parecia maior do que de fato era. Mesmo naquela circunstância de enorme desgaste, era impossível deixar de perceber sua beleza. Seu rosto, lindíssimo e ainda bastante jovem, possuía doses equilibradas de ingenuidade e mistério. Mistura letal para os homens que, cegos de encanto, não conseguiam intuir sua real personalidade. Diante dela, todos se tornavam súditos, jamais poderiam supor que aquele anjo era capaz de proferir afirmações terríveis. Na presença dos outros, minha mãe se comportava de maneira muito adequada. Falava baixo e se mostrava interessada em qualquer coisa que lhe diziam. Não posso ainda deixar de ressaltar que ela inspirava um certo tipo de cerimônia, sabia se valorizar e apenas usava roupas da melhor qualidade. Apesar dos protestos de Lágrima, que reclamava com frequência do tanto que ela gastava com suas produções, minha mãe estava sempre arrumada, perfeita para qualquer ocasião. E, sim, em que pese sua pouca idade, ela já proclamava aos quatro ventos sua grande sabedoria: para conseguir de um homem tudo que se quer, é essencial ser como tia Lauren. Deve-se fingir concordar com a ideia de que eles são mais espertos do que qualquer mulher.

Não, não somos ricas, muito pelo contrário, passamos por dificuldades. Nossos móveis são velhos, cupins se alimentam da nossa condição. O pagamento da mensalidade da minha escola está atrasado, morro de vergonha disso, minha mãe diz achar justo, eu não tenho frequentado as aulas, só vivo doente. Por que pagar por algo que não está sendo devidamente utilizado? Minha casa é escura, não existe sujeira aparente, mas marcas da passagem do tempo se encontram em qualquer parede. Isto sempre me pareceu irônico: o cenário da minha infância, o apartamento das mulheres eternamente jovens, é cheio de linhas de expressão. A verdade é que a falta de dinheiro é um problema, mas minha mãe se recusa a falar sobre isso, ignora o assunto. Lágrima se irrita com sua postura, perde a paciência, culpa-a pela nossa situação. Nos armários antigos, lindos vestidos são colecionados como sua forma de resistência. Minha mãe precisa daquela fantasia, aguarda ansiosamente ser convidada para a festa da sua vida que, apesar dos meus sete anos, já sei que nunca acontecerá.

Tento organizar meus sentimentos. Pergunto-me: o que, afinal, eu poderia esperar daquela mulher? Ou melhor: o que eu poderia querer daquela menina tão jovem? Vinte e dois anos, uma filha com sete. Algumas vezes, me escondia em seu quarto apenas para vê-la se arrumar para o nada. Tentava, agindo desta forma, compreendê-la melhor, ser parte dos seus delírios. Não raro, ela dançava sozinha diante do espelho, dizia coisas que para mim pareciam sem sentido. Mais tarde, entendi que cada roupa que ela comprava era o mesmo que ter suas esperanças renovadas.

Segurando meus pulsos com raiva, minha mãe observa minhas unhas sujas de sangue e avisa que irei tomar uns tapas, caso repita este comportamento. Escandalosa, grita que não voltará a pagar minhas consultas ao médico, mereço morrer mais cedo do que o previsto. Percebo: gosto de provocar nela esta espécie de reação, mesmo sem entender o porquê. Hoje, vejo: a agressividade de minha mãe era o sentimento mais próximo da atenção que, na época, ela não podia me oferecer.

Do alto das suas sandálias douradas, minha mãe ditava meus mundos e rumos. Eu, pequena, sentia-me envergonhada por não conseguir corresponder aos seus anseios. Pessoas tiranas fazem isso: atribuem ao outro a culpa por sua própria falta. Jamais estão erradas, costumam com frequência listar seus méritos, oprimem transformando qualquer um em seu eterno devedor. Sempre pareceu para minha mãe que todos que estavam ao seu redor eram criaturas fracas, covardes e menores. Quase diariamente, ela disparava críticas ferozes contra mim, sem demonstrar piedade. Tendo sacrificado seus melhores anos por minha causa, deveria eu lhe dar algum tipo de retribuição, me mostrar interessada nos planos que ela traçava para meu futuro. De que adiantava todo o seu esforço se eu apenas herdara as fraquezas daquela outra que também me criava? Como se estivesse diante de uma enorme plateia, ela impostava a voz e apresentava suas lamentações: estava me permitindo uma infância confortável, onde lutar pela minha própria comida não era motivo de preocupação. Portanto, eu deveria ser saudável e feliz. Mas, ao contrário de suas expectativas, eu me tornara uma criança estranha, sempre cansada, dependente ao extremo dos mimos de Lágrima. Durante o seu discurso, minha mãe nunca esquecia de frisar: eu era desta forma porque não tinha que sair, todos os dias, para trabalhar. Quase sempre, após este tipo de afirmação, ela começava a ressaltar suas grandes qualidades, tecia elogios sobre si mesma. Durante horas, reproduzia comentários positivos que os outros faziam a respeito dela, deliciava-se com a situação.

Depois de adulta, nunca contei a minha história. Jamais comentei sobre o que me aconteceu. Aceitei, agindo deste jeito, não ter a confiança plena de nenhum dos meus novos amigos. Porque é claro que ninguém se sente cem por cento à vontade com uma pessoa que carrega tantos segredos. Para que uma relação se desenvolva com plenitude é necessário ter troca, confissões ao pé do ouvido, pequenos gestos que não me sinto preparada para compartilhar. Além do mais, tornei-me invariavelmente ligada a uma atmosfera de anormalidade. Outro dia, uma colega de trabalho, após olhar bastante para mim, perguntou minha origem, disse sentir vontade de conhecer aqueles de quem herdei este rosto tão lindo. Na mesma hora, compreendi: seu verdadeiro interesse não era em nada disto. Os anos me treinaram, não sou a garota inocente de tempos atrás. O que ela queria, de fato, era apenas entender o que ocorreu comigo. Para depois de matar sua curiosidade, dizer para si mesma que desgraça de mulher é ter beleza demais.

Minha mãe ordenando que eu pare de me arranhar, minha mãe segurando meus pulsos com força. Ela, eu. Eu: sua criança louca.

Lágrima chega e, imediatamente, diz para minha mãe me soltar. Elas se encaram com raiva. No entanto, a ordem é acatada. Corremos, eu e meu irmão, para o quarto. Mas, mesmo com as nossas mãos tapando os ouvidos, não deixamos de escutar.

Um forte estampido. Segundos depois, um grito.

Assustados, retornamos à sala.

No chão, um corpo. Caído. Destruído. Cristo.

Sim, naquela casa, nunca mais nenhum crucifixo.

Toda mulher deveria ter o direito de morrer assim: usando um lindo colar de pérolas. Este retrato de sua avó faz jus à pessoa nobre que ela era. Se ela tivesse chegado a conhecê-la, minha filha, sem dúvidas, estaria muito orgulhosa de você. Sua avó sentia profunda admiração por artistas, sempre fez questão de viver rodeada por eles. Eu a escutava dizer que um teatro vazio tinha o mistério de uma noite sem estrelas. Se ela soubesse que, um dia, teria uma neta atriz, talvez tivesse esperado um pouco mais para partir. Infelizmente, deixou-se destruir pelos homens que passaram por sua vida. A verdade é que sua avó, minha filha, apesar de todas suas qualidades, nunca se sentiu uma rainha. Lembro-me com perfeição do nosso último dia juntas. No seu leito de morte, de mãos dadas comigo, ela me aconselhou: Amar é sofrer. Espero que você siga o seu caminho sem jamais ser obrigada a experimentar tamanha dor.

No momento em que eu o conhecer, no momento em que eu conhecer o homem que amo, terei dezoito anos e minhas mãos estarão vazias. Vazias, milagrosamente vazias. Portanto, eu terei a chance de tocá-lo por mais tempo do que o esperado e lhe darei algo meu, minhas digitais ficarão marcadas na sua pele. Num primeiro instante, caída no chão e desnorteada, sentirei vergonha do ocorrido. No entanto, minutos depois, vendo-o com a mão estendida para mim, me apaixonarei. Perceberei que jamais um homem agiu assim comigo, acharei que este é o primeiro sinal que tanto esperei da vida, passarei a acreditar que ela nos quer unidos. Por fim, arrumarei até uma desculpa para o garoto endiabrado que me desequilibrou: defenderei que, na verdade, ele não passava de um anjo brincando de cupido.

CAPÍTULO 1
UMA VALSA PARA O ESQUECIMENTO

Acredito que, desde o início, deveria ter previsto que tudo aconteceria como num pesadelo que tive, poucos meses depois que eu e seu pai nos conhecemos. É noite e nós estamos numa sala de estar enorme, parecida tanto com a da casa da família dele quanto daquela onde cresci. Antigamente, as salas de estar das famílias tradicionais eram parecidas, pois era esta semelhança tácita que as permitia serem consideradas tradicionais, pois era esta semelhança tácita que as permitia serem reconhecidas como tal por seus iguais. No passado, as salas de estar eram como as roupas: julgava-se uma mulher como rica ou pobre, de família ou vagabunda, apenas pelo que cobria seu corpo. A sala de estar em que eu e seu pai estamos, aparentemente, abriga uma festa. E, como todas as outras tradicionais, ela também tem um piano. É verdade que, da mesma forma que acontece nos sonhos, neste pesadelo, as pessoas e coisas se misturam e desaparecem de repente, impedindo recordações detalhadas. Mas uma cena, em especial, é impossível de ser esquecida: vejo seu pai passeando os dedos pelas teclas, executando a valsa que marcou a minha infância impossível. Emocionada com seu gesto, eu lhe digo: *Esta é a música mais linda e triste que já ouvi na vida.* No entanto, contrariando as minhas expectativas, ele apenas comenta com frieza: *Eu não estou tocando nada. O que você escuta é apenas o assovio da morte avisando que está vindo te buscar.* Eu nunca me importei com meus pesadelos. Desde pequena, tenho-os com frequência e sempre acreditei que era injusto lhes conceder qualquer relevância. Se meus sonhos não se realizavam, por que haveria de achar que logo meus pesadelos se tornariam realidade? *Mulher pobre só pode cair quando morre,* minha mãe sempre dizia. Aprendi a me equilibrar na corda bamba da vida. Olhar para o buraco, acreditar no pior, era o mesmo que consentir minha própria queda. Eu não queria escrever esta história. Jamais fui sua personagem principal e papéis secundários nunca me interessaram. Mas se é para salvar você, minha filha, se é para você viver mais, escrevo-a. É verdade que carrego comigo o medo de estar cometendo um engano: a ignorância é um lindo presente embalado com laços de fita. Durante todo o tempo que estive ao seu lado, eu quis lhe dar um mundo cheio de promessas. Só que isto não foi o suficiente para aplacar sua doença. Hoje, na minha última tentativa de salvar você, lhe entrego o contrário: receba este livro, este seu abismo.

Aquela era uma cidade de velhos. E mesmo os que não tinham mais de duas décadas de vida, logo se esforçavam para se tornarem velhos, podendo-se, desde cedo, já se vislumbrarem traços de velhos nos seus rostos moços. Ainda que não significasse necessariamente sabedoria, envelhecer parecia a única maneira de ascender naquela sociedade. Naquele lugar, naquela época, crianças e adolescentes eram tratados como não merecedores de uma escuta atenta de seus sonhos e opiniões. Para as mulheres, a situação soava ainda mais desesperadora: não havia como se tornarem destinatárias de uma consideração genuína, pois dependiam financeiramente dos maridos e precisavam se manter sempre novas para não acabarem desprezadas por eles. O passar dos anos, ainda que pudesse lhes permitir alguma autoridade, significava também lidar com o fato de que se tornavam menos atraentes para o olhar masculino. A luta era inglória: massacradas pelas suas próprias contradições, as mulheres daquela cidade acabavam percebendo o quanto era difícil inspirar, ao mesmo tempo, respeito e desejo. Somente depois de aceitarem o inevitável, quando muito pouco lhes restava, passavam a ter algum cuidado consigo mesmas. É verdade que, desde sempre, para a Senhora de Menezes Grimaldi, isto soou como um verdadeiro absurdo. Pena que não encontrou melhor sorte.

Por conta do forte calor, todos os homens brancos daquele lugar tinham faces avermelhadas e oleosas. Quase sempre estavam enfiados em tecidos grossos e se comportavam como se fossem parentes, membros de uma única família. As mulheres não se assemelhavam, mas elas tentavam fazer com que isto acontecesse, optando pelas mesmas escolhas estéticas. Naquela cidade, parecer era sinônimo de pertencer, ser menos só. Aos sábados, as mulheres iam aos salões de beleza e viravam loiras; no entanto, isto não lhes conferia automaticamente o *status* que tanto ansiavam. Sem muita dificuldade, descobre-se a verdadeira idade das pessoas pelo estado de suas mãos, joelhos e pela raiz dos cabelos. Todas as mulheres daquele lugar possuíam um olhar vago e perdido. Se lhes contassem que o apocalipse estava prestes a acontecer, reagiriam da mesma maneira que se lhes avisassem que a geladeira da padaria havia quebrado. Talvez não admitissem, mas é até possível que a notícia do fim dos tempos não lhes parecesse de todo modo catastrófica, pois colocaria prazos próximos para suas existências e as permitiriam desculpas para seus pecados. Aos domingos, todos eram obrigados a fingir que acreditavam em Deus. Sim, a vida daquelas pessoas anoitecia mesmo cedo demais.

Antes que você me acuse de exagero, preciso dizer que reconheço que, em qualquer parte do mundo, existem seres humanos problemáticos. Não se trata aqui de falar de sua família e de sua cidade como uma tragédia única, sem precedentes. No entanto, é preciso que você entenda que a forma de padecer daquela gente era cheia de peculiaridades. Pessoas como seu pai e eu, nascidas em regiões banhadas o ano todo por sol e mar, sabem o que digo: paira sobre elas a obrigação de estar sempre satisfeitas. Afinal, como alguém que tem a benção de passar sua existência num lugar assim, tão abençoado pela natureza, pode sofrer? *Só se for ingrato ou de índole ruim!*, comentaria um cidadão típico. Portanto, ali, qualquer dor emocional devia ser silenciada. Não se admitia nenhuma falha sob pena de macular o ideal de perfeição difundido. Era isto que os salvava de explicações mais detalhadas sobre a sensação de bastardos que partilhavam. Os infelizes assumidos de lá ainda tinham que cumprir outra regra: apenas podiam se sentir deste modo por motivos palatáveis, fáceis de explicar, tais como problemas por conta de doenças ou falta de dinheiro. Naquela comunidade, ninguém possuía permissão de se deprimir devido ao tédio que engolia seus dias. Os contentes frequentavam clubes e atribuíam sua animação à boa saúde dos filhos ou ao progresso destes nos estudos. Sorridentes, mostravam entusiasmo com as festas de aniversário que eram convidados. Ah, não se pode esquecer: também existiam os churrascos dominicais que lhes permitiam os encontros com os amigos, as cervejas e risadas. Em comum entre aquelas pessoas, estava o acordo firmado: qualquer sentimento apenas seria aceito se já fosse catalogado e conhecido. Quando chegava a hora de constituir família, as mulheres mandavam fazer seus vestidos de noiva, sob o olhar atento das mães. Somente depois, se preocupavam se de fato suportariam seus futuros maridos. Nas escolas, crianças aprendiam a ser velhas e declamavam poesias tolas, enquanto seus pais batiam palmas ainda mais tolas, considerando-as verdadeiros gênios por conta daquelas rimas. Se alguém pintava um quadro, era sempre retratando aquela maravilhosa realidade. Podia-se, muitas vezes, escutá-los falando mal dos costumes dos outros locais. Mas a verdade é que, apesar destes comentários, muitos deles acabavam copiando aquilo que tanto criticavam. Mesmo com a visível pobreza que se apoderava de tudo e todos, placas coloridas anunciavam que aquela era a terra da felicidade. Mais do que uma cidade de velhos, aquela era uma sociedade de loucos. Ao mesmo tempo solar e sombria, ela criava seus filhos para serem todos iguais e não tolerava quem se recusava a desafiar suas ordens. Bom, pelo menos, era assim que a Senhora de Menezes Grimaldi, sua avó paterna, julgava o lugar onde nasceu.

O rosto belo de seu pai podia ser visto, ao mesmo tempo, em espelhos de lugares diferentes. Isto porque, depois de três tentativas fracassadas, em que apenas nasceram meninas, a Senhora de Menezes Grimaldi pensava que, finalmente, havia conseguido o respeito do marido. Político, sucessor de uma geração de homens públicos, o Senhor Luiz Antônio Grimaldi parecia desejar ardentemente ter um filho homem para transmitir seu legado. Quando sua avó conseguiu gerar os gêmeos, ela acreditou que ele não frequentaria mais camas alheias. Estavam ali, na sua frente, ao seu alcance, seus dois esperados rapazes, ela tinha lhe dado em dobro o que ele tanto dizia querer. Portanto, ele teria que dedicar muito do seu tempo para torná-los dignos dos seus destinos, não mais lhe seria possível desperdiçar seus momentos com vagabundas extravagantes. Dois, eram dois e idênticos os seus herdeiros políticos. Sim, as chances de algo dar errado aparentavam ser bastante diminutas.

As maneiras da Senhora Menezes de Grimaldi eram suaves e educadas, exatamente do mesmo jeito que as das outras mulheres consideradas boas mães naquela cidade. Num primeiro instante, seria impossível alguém perceber que sua avó paterna possuía algo diferente daquilo que era esperado. Ela conversava com desenvoltura sobre assuntos domésticos, se trajava da maneira adequada e criava suas crianças com rigor e afeição. Somente um observador muito atento, depois de anos de convivência, poderia atestar que, apesar dos sorrisos compreensivos e da delicadeza das palavras, ela era uma mulher incomum. Dona de uma rebeldia silenciosa e violenta, a Senhora de Menezes Grimaldi, desde muito cedo, aprendeu que deveria disfarçar sua natureza. Isto porque, ela sabia que a repulsa que sentia por aquele lugar nunca seria devidamente compreendida. Ora, a regra era clara: sentimentos desta ordem não ficavam bem em moças de família.

Segundo sua avó paterna contava, foi por conta da descoberta de que nem mesmo o nascimento dos gêmeos conseguiu fazer com que o Senhor Luiz Antônio Grimaldi se mantivesse fiel, que ela perdeu o encanto por ele. Não, não que ela tenha ficado decepcionada apenas por causa das traições. Das diversas escapulidas dele, ela sabia, desde o início do casamento. Ela afirmava que perdeu de verdade o entusiasmo pelo marido, quando constatou que ele, da mesma forma que todos os outros homens daquela cidade, não era especial. Sim, porque ela pensava que, assim que tivessem herdeiros do sexo masculino, o Senhor Luiz Antônio Grimaldi passaria a despender sua energia com coisas importantes e abandonaria seus prazeres ordinários, comuns a todos os homens fracos. *Mentiroso como os outros*, pensava ela, enquanto o servia com má vontade nas refeições. Sim, ela não tinha fugido daquele lugar porque acreditava que havia se casado com um homem que como ela partilhava de um projeto maior. Sim, ela não tinha fugido daquele lugar porque pensava que ele também possuía como objetivo criar uma dinastia, uma história nova, um mundo que lhes trouxesse um pouco mais de cor e felicidade, que pudesse salvá-los daqueles dias de tédio, daquela cidade sem vida. Caberia a ela, somente a ela, fazer com que a gordura que se apoderou do seu corpo, ao abrigar seus cinco filhos, restasse justificada. Caberia a ela, somente a ela, permitir dignidade para o seu antigo e esperançoso rosto de moça. Sim, ela exigia respeito para a velha que havia tomado conta dela. Criaria três meninas elegantes e finas, além de dois rapazes cultos e arrojados. Seus gêmeos seriam bem diferentes daqueles idiotas que gastavam suas oportunidades com prostitutas. Tivesse nascido homem, era possível que a Senhora de Menezes Grimaldi houvesse inaugurado um novo tempo naquela comunidade. Mas isto não aconteceu e, apesar dos seus esforços em contrário, ela passou a se contentar com as raras partidas de gamão que, no último minuto, com um prazer masoquista, deixava seu marido ganhar.

Nunca encontrei com sua avó paterna, a Senhora de Menezes Grimaldi. Jamais vi seu rosto e nem mesmo o seu primeiro nome quis saber, pois sempre me pareceu uma maneira de distinção conhecê-la apenas por seu sobrenome. Apesar de tudo que fez, guardo por ela um profundo afeto, comungo de sua indignação essencial. Imagino-a com um coque baixo e bem feito, velha e bela, dona de olhos grandes. Ao contrário das outras mulheres do seu tempo, sei que a Senhora de Menezes Grimaldi compreendia que o melhor dos mundos não se constrói sem algumas pequenas injustiças.

Eu sempre pedia para seu pai me contar sobre sua família. Certo dia, irritado, ele me disse que eu sentia inveja dele, pois não queria realmente ouvir suas histórias, mas, sim, roubá-las, transformá-las em minhas. Hoje, aceito: de certo modo, ele tinha razão. Nos meus sonhos secretos, a Senhora de Menezes Grimaldi também era minha mãe.

Segundo os chineses, se alguém salva a vida de outra pessoa, torna-se responsável por ela para sempre, pois imediatamente, cria-se entre as duas um compromisso que jamais poderá ser desfeito. Inúmeras desgraças se abaterão sobre a parte que for infiel. Alguns anos atrás, ainda na minha adolescência, impedi que Lágrima pulasse do oitavo andar de um prédio. Desde então, tornei-me sua guardiã. No início, esta obrigação não pesava tanto, eu a desculpava por acreditar que seu comportamento se devia ao fato de ter sido criada muito próxima de tia Madeleine. Minha mãe costumava contar que Madeleine, sua irmã caçula, sofria de perseguição espiritual e que, influenciada por espíritos ruins, tentou se suicidar diversas vezes. Tia Madeleine, esta que você vê, neste porta-retratos, era uma mulher incrível, possuía um rosto muito marcante, suas sobrancelhas fartas sempre foram motivo de inveja. Mas, apesar de todas as suas virtudes, não passava de uma mulher fraca: jogou-se do alto de uma torre, aos vinte e seis anos. Para mim, dela restou apenas esta fotografia antiga. Enterro meus mortos sem qualquer problema. Só que Lágrima reagiu de forma muito estranha. Sempre achei que ela foi bastante influenciada por este fato. Pelo menos, era este o argumento que eu utilizava para perdoar seus deslizes. Naquela época, eu ainda nutria algum amor pela sua figura desequilibrada. Apenas tempos depois, minha filha, descobri que Lágrima nada tem de vítima. Mesmo assim, não posso abandoná-la, temo as consequências que uma atitude desta ordem acarretaria. Bom, era isso que você queria escutar? Pode ficar tranquila: nunca existiu um castelo de duas rainhas. E, definitivamente, eu não estou disposta a encenar o papel da bruxa má.

Morte, juventude, beleza. Sempre, jamais, fraca. Rainha, princesa, estrela. Nada, Lágrima. Para minha mãe, algumas palavras eram muito caras. Como de costume, numa noite de terça-feira, escuto aquilo que nasceu para ser resposta virar discurso. Cansada, respiro fundo. Estou enfiada numa camisola branca, sem anáguas. Só mesmo um milagre poderia me retirar deste enredo em que quase todos os personagens são fantasmas.

Oito anos. Nos últimos tempos, meus momentos de alegria se tornaram escassos. Quase não vou para a escola, minhas crises agora são ainda mais frequentes. No entanto, nada disso é o bastante para impedir minha mãe de fantasiar que tenho uma infância feliz. Ela diz que, quando estava na minha idade, odiava a obrigação de ir para o colégio. Defende que sou uma menina de sorte, pois possuo um motivo concreto para não frequentar as aulas. Mesmo tendo a professora lhe dito que nada mais pode fazer por mim, minha mãe continua falando este tipo de coisa. Aparentemente, ela não teme que eu repita de série. Sou uma criança sem amigos, fico sozinha no recreio, meus colegas me chamam o tempo todo de moribunda. Mesmo assim, na opinião de minha mãe, nada disto é motivo de preocupação. Na verdade, ela acha que eu deveria comemorar. Já até aprendi a ler. E a minha carreira artística está prestes a começar.

Quando não estou prostrada numa cama, quando as doenças parecem que irão me deixar, minha mãe me leva para fazer testes como atriz. E, nos estúdios, em cima de um pequeno tablado, com todos aqueles olhos e luzes vidrados em mim, acabo sempre obrigada a enxergar meus detalhes sórdidos. Sou muito tímida e magra, meus dedos parecem palitos de tão finos e alongados. Tudo ao meu redor, tudo do mundo em que vivo é feito de plástico: nele não existem lugares, tampouco pessoas de verdade. Isto explica por que os raros seres humanos que aparecem na minha casa, logo depois acabam sumindo. Nem eu, meu irmão, minha mãe, muito menos Lágrima, existimos. Nossos nomes, além de esquisitos, são artísticos, coisa que gente normal não tem. Constato também: nosso apartamento é tão pequeno que eu não me surpreenderia se descobrisse que ele não passa de um cenário. Mas se estamos representando, quem escreve nossas falas? Há uma resposta para isso? Não, somos personagens abandonados ao acaso, vivendo de improviso.

O diretor do comercial tem baixa estatura, cabelos brancos presos num rabo de cavalo, além de uma barba muito longa. Durante os breves minutos que passamos juntos, não paro de pensar que ele parece saído de um dos desenhos animados que mais gosto. No entanto, apesar de se dirigir a mim como "gracinha" e "bonequinha", está visivelmente irritado, não sustenta a calma que se espera de um mago. De forma insistente, ele exige que eu repita uma frase. Comenta que, se eu não fizer isto direitinho, de nada adiantarão minhas bochechas pintadas de rosa. Fico muito nervosa, suo, um calor terrível invade meu corpo. Estrategicamente posicionada atrás de um refletor, minha mãe sibila como devo me comportar. *Do lado de fora, há uma fila de crianças querendo o seu lugar*, ela avisa, tentando me fazer reagir. Na última tomada, consigo dizer a frase completa. Finalmente, pareço a menininha alegre que o diretor/mago, desde o início, tanto quis. Mesmo assim, minha atuação não o convence e acabo sendo dispensada.

Na volta para casa, minha mãe faz de tudo para demonstrar que não está satisfeita. Sempre que ela deseja que eu perceba o seu descontentamento, respira de maneira teatral. Com força, ela traz o ar para dentro de si e o retém por mais tempo que o necessário. Segundos depois, o sopra com violência pela boca e murmura palavras incompreensíveis. Aos oito anos, já tive tempo para aprender: esta é a primeira maneira dela me dizer que está muito decepcionada comigo, que não sou uma boa filha, que não faço direito nada do que me pede. Prevejo que, minutos depois destas suas respirações, quando supostamente estiver mais calma, ela me convocará para uma conversa. Dirá que, caso eu não passe a me esforçar, continuarei sendo, na opinião dos outros, apenas uma menina doente. Perguntará se não quero me tornar famosa, assim como ela e meu pai. Sei que, quando ela falar estas coisas, ficarei profundamente ferida, chorarei, argumentarei que tentei atuar da melhor forma possível. Ela comentará que não acredita no que digo, consigo fazer algo muito mais incrível do que aquilo que apresentei. Logo depois, quando eu já estiver magoada o suficiente, ela passará a falar mal do diretor. Comentará que ele é um imbecil e que não sabe reconhecer uma estrela quando a tem diante de si.

Minha mãe diz que trabalha no teatro. Todas as noites de quinta a domingo, ela sai para se apresentar. Infelizmente, assim como não me deixam assistir televisão à noite, sou impedida de vê-la em cena. Tanto ela quanto Lágrima me obrigam a dormir cedo. Minha mãe costuma contar que conheceu meu pai, enquanto encenava uma peça importante. Segundo ela, no momento em que ele a viu no palco, se apaixonou. Na ocasião, ela representava o papel de uma menina que, aos quatorze anos, foi obrigada a se casar, mas que acabou fugindo para realizar o sonho de se tornar atriz. Sempre que ela fala desta história, faz questão de comentar que tenho muita sorte, pois ao contrário da maioria das crianças, possuo uma família que me incentiva a atuar.

Numa das madrugadas em que minha mãe está trabalhando, acabo tendo um desentendimento com Lágrima. Recuso-me a obedecer a suas ordens. Aborrecida, ela diz que, caso eu não faça o que está mandando, me colocará de castigo, sofrerei as consequências do meu comportamento. Sem hesitar, respondo: *Você não tem direito de fazer nada comigo, pois não é minha mãe de verdade. Além do mais, quando meu pai voltar, com certeza, você terá que ir embora.*

Num primeiro instante, apesar de bastante ofendida, ela finge não estar incomodada. No entanto, pouco depois, muda de postura e comenta com um tom ferino: *Como não sou sua mãe de verdade, não continuarei alimentando suas invenções. Já está na hora de você compreender: o pai que você tanto busca nunca irá chegar. Não existe mais, desapareceu, se escafedeu, morreu.*

Durante a minha infância, nunca parecerei boa o suficiente para as pessoas que me avaliam nos testes como atriz. Dirão sempre que sou baixa/alta demais, feia/bonita demais, nova/velha demais para os papéis. Estarei todo o tempo fora do padrão desejado. O destino frisará que jamais estou adequada, insistirá em irritar minha mãe. Anos depois, nos depararemos, num lugar público, com um anúncio contendo uma fotografia minha. Eu o mostrarei para minha mãe com sarcasmo, perguntarei se está satisfeita. Afinal, não era isso que ela tanto queria? Em seguida, tomarei um grande susto. Após escutar minhas palavras, minha mãe, completamente pálida, desaba no chão, desmaiada.

Perto dos meus dezenove anos, minha mãe gritará: *Deus é um estrangeiro, não compreende meus pleitos!* Durante madrugadas, acenderá velas, fará orações, pedirá a ajuda dele de todos os modos possíveis. Ele nada lhe responderá. É um estrangeiro orgulhoso, desses que ignoram mendigos famintos, nunca a perdoou pelo episódio do crucifixo.

CAPÍTULO 2
UMA VALSA PARA O ESQUECIMENTO

Como em quase todas as manhãs, o banheiro não cheirava bem devido ao problema crônico de intestino do Senhor Luiz Antônio Grimaldi. Inexplicavelmente, ele se recusava a dar descarga e obrigava os outros moradores da casa a dividirem com ele as consequências do seu infortúnio. Também como de costume, em cima da pia do banheiro, seu desodorante restava sem tampa, assim como a pasta de dente. No entanto, com o passar dos anos, tais fatos passaram a não despertar mais a atenção especial dos empregados, pois ganharam a alcunha de "hábitos". É verdade que a Senhora de Menezes Grimaldi jamais havia deixado de se revoltar com tais atitudes do marido, mas particularmente naquele dia, ela nem chegou a censurá-lo por conta disso. Há sempre uma hora em que todas as pessoas que se consideram especiais são obrigadas a admitirem para si mesmas se foram capazes de realizar algo relevante com aquilo que elas julgavam que as tornava criaturas melhores que as outras. Aconteceu isso comigo muito cedo, pouco depois de eu completar vinte anos. Já com sua avó paterna, acredito que deve ter ocorrido, quando ela ignorou, pela primeira vez em quase duas décadas, o descuido do marido. Não sem coincidência, este também deve ter sido o dia do episódio com Berna. Apesar de nunca ter cogitado marcar seu corpo com qualquer desenho, a Senhora de Menezes Grimaldi pensava que seria capaz de sobreviver intacta à passagem do tempo, assim como acreditam muitos daqueles que fazem tatuagens. Na sua breve juventude, ela não temia sentir dor, pois desejava tanto ter uma vida com sentido que imaginava estar anestesiada, imune a qualquer sofrimento diferente daquele vazio que a acometia. No entanto, infelizmente, esta se mostrou somente mais uma das suas suposições equivocadas. Diante daquele rosto inchado que se revelava no espelho, a Senhora de Menezes Grimaldi teve que abdicar da boa-fé que lhe proporcionava sua mais preciosa ilusão: não, ela não era melhor ou mais esperta do que seus conterrâneos. Como todos os outros, estava ficando velha e cansada. Pior: como todos os outros, começava a colecionar mágoas.

Era a imagem de Helena com os pés descalços na grama, com o sol batendo no rosto, com sua expressão fingidamente aborrecida, eternamente jovem, que fazia a Senhora de Menezes Grimaldi se sentir menos só. Não, ainda que nutrissem um grande afeto uma pela outra, não se pode dizer que elas eram exatamente amigas. Isto porque, afinal de contas, aquela era uma cidade de velhos e Helena pertencia ao grupo de seres que não estavam submetidos à lei maior, que apenas testemunhavam impassíveis o rápido envelhecer alheio ou que morriam cedo demais. Seus corpos recusavam aquela sociedade de iguais e não havia desaforo maior para a gente daquele lugar do que alguém ser diferente do esperado. Sempre pareceu inusitado para sua avó paterna o fato de que mulheres como Helena, apesar de desprezadas pelos velhos, recebiam importantes tarefas deles. Não raro, ela olhava para a empregada com um misto de curiosidade e admiração. Responsável por ajudar na criação dos filhos dos Grimaldi, Helena resistia com bravura ao sol de todos os dias

e se recusava terminantemente a ceder, desistir, desabar.
Pela mansão dos Grimaldi, já tinham passado muitos funcionários. Mas, desde o início, a Senhora de Menezes Grimaldi sabia que Helena era diferenciada. Dona de um humor fino que não combinava nem com a extravagância dos seus gestos, nem com sua pouca instrução, Helena não possuía pudor algum de reclamar sobre qualquer coisa que fosse, tampouco sentia vergonha de fazer isso na presença dos patrões. É verdade que jamais agiu de forma muito inconveniente, mas se comportava como se não tivesse que provar nada aos donos da casa. Extremamente animada, ainda que sempre resmungando por algum motivo, Helena não participava das alianças com os demais empregados, assim como também não parecia nutrir nenhum temor reverencial pelos velhos que frequentavam aquela mesa de jantar. Era, simplesmente, alguém acima do bem e do mal, não temia nada daquilo que era de se esperar. Entre os que trabalhavam na casa dos Grimaldi, existiam os que a detestavam e que a acusavam de ser uma traidora de sua classe. Outros apenas gostavam dela de maneira gratuita. Apesar de um tanto viciada no exercício dos seus pequenos poderes, Helena não era mesquinha ou prejudicava seus colegas de trabalho. Tinha um senso de justiça muito apurado e uma ética que, antes de se aplicar no trato com as pessoas, era algo que cultivava para si mesma. Certa vez, ao ser instigada pela Senhora de Menezes Grimaldi a fazer um juízo de valor sobre seu novo penteado, de forma espontânea, comentou: *a Senhora me desculpe, mas seu cabeleireiro deve ser inimigo dessa tal de Brigitte Bardot...* Desde então, ganhou a admiração da patroa, tendo-a acompanhado, até o último dos seus dias.

Assim como o Senhor Luiz Antônio Grimaldi fazia questão de parecer, Helena também não nutria muita simpatia por

Berna Weber. Mesmo que não praticasse seus conhecimentos, sua avó paterna conhecia o universo culinário e sabia desta implicância de Helena por conta das comidas que ela fazia, quando das visitas da amiga. Nos jantares oferecidos para outras pessoas, Helena se esforçava para elaborar o melhor prato possível e ficava orgulhosa com os elogios que lhe eram reservados. No entanto, mesmo ciente de que Berna repudiava carne vermelha, Helena insistia em preparar apenas *filet au poivre* para ela. Somente após isto ter ocorrido pela terceira vez e depois de escutar os muxoxos de Helena, quando questionada sobre o assunto, sua avó concluiu que seu procedimento era intencional. A princípio, ela chegou a ficar aborrecida com o excesso de personalidade de sua empregada e se perguntou se deveria repreendê-la com rigor. Sim, porque além de Berna ser sua melhor amiga, a Senhora de Menezes Grimaldi a reconhecia como uma mulher sofisticada e não queria que parecesse que as refeições de sua casa não estavam à sua altura. No entanto, passado o momento inicial da irritação, sua avó acabou tendo algumas constatações que melhoraram seu humor. Sim, o *filet au poivre* não era feito apenas como uma afronta à Berna. Antes de qualquer coisa, ele era a maneira que Helena encontrou de dizer que, apesar de nunca ter saído daquela cidade, havia aprendido as lições da cozinha francesa com perfeição. Sim, Helena percebia a admiração que a Senhora de Menezes Grimaldi sentia pela vida itinerante que Berna levava. Além do mais, era suficientemente esperta para saber que sua patroa não toleraria uma desonra ao prestígio dos jantares que oferecia. Mas, não, apesar de inteligente, ela não recebeu nenhuma educação formal e o seu mundo se dividia somente entre o lugar onde nasceu, a África, os Estados Unidos e a Europa. Apenas quatro eram os "países" que Helena sabia que existiam. Tendo escutado que Berna tinha origem europeia, Helena imaginava que, ao elaborar aquele prato francês, ela a estava desafiando, provando que dominava até mesmo a culinária da sua terra natal. Ao constatar a sofisticação mirabolante do plano de Helena, a Senhora de Menezes Grimaldi não teve como conter o riso. Berna era alemã e nenhuma das intenções de Helena jamais foi percebida por ela, tampouco a impressionou ou incomodou.

Segundo pensava sua avó, a raiz da antipatia de Helena e do Senhor Luiz Antônio Grimaldi por Berna dividia o mesmo nome: ciúme. Era por este motivo que o Senhor Luiz Antônio Grimaldi parecia irritado, até mesmo um pouco mal-educado, nos jantares que eram oferecidos para a melhor amiga de sua esposa. Não suportava constatar que não compartilhava da cumplicidade que as unia, não admitia a ideia de que sua mulher conseguia ser feliz sem que ele estivesse envolvido ou fosse responsável por isso. A amizade de Berna e da Senhora de Menezes Grimaldi datava dos tempos do colégio e elas gostavam de relembrar, nos poucos momentos que podiam ficar juntas, as histórias daquela época. Também se deliciavam ao comentar sobre os destinos medíocres daqueles colegas que tanto as perturbaram com apelidos e desaforos. Conheceram-se quando tinham apenas onze anos, na ocasião da transferência do pai de Berna para aquela cidade. Destituída de uma beleza exuberante, branca e franzina, Berna inicialmente não despertou qualquer interesse nas crianças da classe, ou mesmo, na sua avó paterna, que naquele tempo era conhecida como "a filha do dono da relojoaria". Nascida na Alemanha, Berna já havia morado em mais lugares do que seus breves anos de vida podiam suportar. Nem mesmo adulta, ela conseguiu compreender se as constantes mudanças de cidade eram verdadeiramente motivadas por exigências da firma do pai. Ao contrário dela, sempre falante, os pais de Berna se comportavam de maneira muito reservada e apenas se dirigiam aos outros membros da família usando a língua materna. Em certo momento, ela chegou a acreditar que eles agiam assim por vergonha, já que se mostravam, no início, incapazes de dominar o português com a mesma fluência dos filhos. Com o passar do tempo, esta explicação perdeu por completo o sentido.

    A amizade de Berna com a Senhora de Menezes Grimaldi floresceu porque uma possuía algo que a outra queria. Como sempre desejou sair daquela cidade opressora, os olhos de sua avó paterna brilhavam quando a amiga lhe falava sobre a vida fora dali, quando nas férias, ela lhe enviava cartões postais de países que soavam ficcionais de tão distantes. Se no primeiro contato, Berna apenas lhe pareceu uma garota esquisita por conta das tranças exageradas e das meias no joelho, bastou que, num dia qualquer, ela lhe contasse sobre as suas mudanças para que a Senhora de Menezes Grimaldi passasse a achá-la interessante. O pai de sua avó paterna, o Senhor de Menezes, não gostava que a filha frequentasse a casa da amiga, pois ele costumava comentar que *não sabia se aqueles alemães eram judeus ou nazistas, mas tanto fazia, porque sendo uma coisa ou outra, era certo que não prestavam*. Sua bisavó, a Senhora de Menezes, muito afável, adorava aquela garota e passou a tratá-la como uma filha postiça. Os pais de Berna não pareciam se importar que sua menina dormisse, com frequência, fora de casa e ela acabou sendo, de certo modo, adotada pelos Menezes. No seio daquela família, Berna se sentia amada e acolhida.

    O ciúme de Helena, segundo imaginava a Senhora de Menezes Grimaldi, tinha como razão o fato de que os gêmeos e as três Marias eram apaixonados por Berna. Sempre que ela os visitava, trazia presentes do estrangeiro e os encantava com suas histórias sobre fadas e príncipes. Ainda muito jovem, Berna havia decidido que jamais iria se casar e, por escolha própria, foi embora daquela cidade para realizar seu sonho de se tornar estilista. Conseguiu alcançar seu objetivo e, além de ter se tornado independente, virou uma mulher interessante e esguia. Ao contrário da melhor amiga, sua avó paterna não saiu de onde nasceu, pois se apaixonou, ainda muito cedo, pelo homem que se tornou seu marido. No entanto, mesmo tendo vidas tão diferentes, Berna e a Senhora de Menezes Grimaldi jamais romperam o forte elo que as unia. Uma vez por ano, Berna viajava para passar o verão na casa da amiga.

O Senhor Luiz Antônio Grimaldi, alguns dias depois que Berna chegava, sempre inventava algo para fazer fora da cidade, dizia que tinha compromissos políticos. Sua avó paterna já não se importava mais com a indelicadeza do marido e chegava até mesmo a preferir que ele, ao invés de ficar o tempo todo reclamando, fosse mesmo embora nestes períodos.

Como em quase todas as manhãs, o banheiro não cheirava bem devido ao problema crônico de intestino do Senhor Luiz Antônio Grimaldi. Inexplicavelmente, ele se recusava a dar descarga e obrigava os outros moradores da casa a dividirem com ele as consequências do seu infortúnio. Também como de costume, em cima da pia do banheiro, seu desodorante restava sem tampa, assim como a pasta de dente. No entanto, com o passar dos anos, tais fatos passaram a não despertar mais a atenção especial dos empregados, pois ganharam a alcunha de "hábitos". É verdade que a Senhora de Menezes Grimaldi jamais havia deixado de se revoltar com tais atitudes do marido, mas particularmente naquele dia, ela nem chegou a censurá-lo por conta disso. Há sempre uma hora em que todas as pessoas que se consideram especiais são obrigadas a admitirem para si mesmas se foram capazes de realizar algo relevante com aquilo que elas julgavam que as tornava criaturas melhores que as outras. Aconteceu isso comigo muito cedo, pouco depois de eu completar vinte anos. Já com sua avó paterna, acredito que deve ter ocorrido, quando ela ignorou, pela primeira vez em quase duas décadas, o descuido do marido. Não sem coincidência, este também deve ter sido o dia do episódio com Berna. Apesar de nunca ter cogitado marcar seu corpo com qualquer desenho, a Senhora de Menezes Grimaldi pensava que seria capaz de sobreviver intacta à passagem do tempo, assim como acreditam muitos daqueles que fazem tatuagens. Na sua breve juventude, ela não temia sentir dor, pois desejava tanto ter uma vida com sentido que imaginava estar anestesiada, imune a qualquer sofrimento diferente daquele vazio que a acometia. No entanto, infelizmente, esta se mostrou somente mais uma das suas suposições equivocadas. Diante daquele rosto inchado que se revelava no espelho, a Senhora de Menezes Grimaldi teve que abdicar da boa-fé que lhe proporcionava sua mais preciosa ilusão: não, ela não era melhor ou mais esperta do que seus conterrâneos. Como todos os outros, estava ficando velha e cansada. Pior: como todos os outros, começava a colecionar mágoas.

 Ela não conseguia lembrar se foi Helena quem a chamou para atender aquele telefonema. Também não conseguia se recordar das palavras exatas. Muito menos imaginava como aquilo era possível. Berna já havia partido há cinco dias! *Sinto muito pelo que vou dizer, houve um acidente horrível perto do hotel da estrada, a Senhorita Berna faleceu...*

 Ela não conseguia lembrar se foi Helena quem a chamou para atender aquele telefonema. No entanto, se recordava que foi ela quem a levou para a cama e que, desafiando todas as regras, deu um beijo na sua testa, um remédio e um copo de água. *Sinto muito pelo que vou dizer, houve um acidente horrível perto do hotel da estrada, a Senhorita Berna faleceu, mas o Senhor Luiz Antônio Grimaldi está no hospital, felizmente, ele sobreviveu.*

Foi apenas um sonho..., sua avó paterna pensou ter escutado Helena murmurar. Não, não tinha certeza. Talvez estivesse ansiando, tão desesperadamente, ouvir esta afirmação saindo da boca da empregada que era possível que nada houvesse sido dito, que tudo não passasse de uma peça pregada por sua própria mente. Uma frase, apenas uma frase, é capaz de alterar radicalmente nossos sentimentos mais profundos, somos dependentes da linguagem, podemos ficar tristes ou felizes apenas com algo que nos é revelado, mesmo que não tenhamos presenciado nada. Sim, naquele momento, somente Helena poderia salvar a Senhora de Menezes Grimaldi. Um sonho? Por instantes, Helena foi Deus, mas nunca soube disso.

Mamãe, é verdade o que Lágrima me disse? Meu pai morreu?
Não, minha filha, não acredite em nada do que sai da boca dela. Você sabe, já faz muito tempo que Lágrima enlouqueceu.

Terça-feira. Como de costume, não fui para a escola, senti uma forte dor de cabeça, vomitei, meu corpo parece que foi surrado. Mesmo assim, apesar do desgaste físico, me esforço para falar, quero acabar de vez com o silêncio incômodo que se instalou entre mim, minha mãe e meu irmão. Desta vez, ficamos apenas os três em casa, já que após anos de luta, Lágrima recebeu um convite para se apresentar. Apesar de nos sustentar com o dinheiro que ganha com suas costuras, seu maior sonho é se tornar cantora. Há tempos acompanho o seu esforço para dar certo neste ramo. Em todas as noites de segunda, ela sai para fazer aulas de canto. Mesmo assim, apesar de bastante afinada, ela não tem muitas oportunidades, não é reconhecida como devia. Talvez isto ocorra por conta do seu repertório recheado de músicas tristes. Talvez isto seja fruto de sua aparência. Sim, porque se ela fosse bonita como minha mãe, com certeza, receberia mais atenção. Lágrima, sempre quando lava os pratos, cantarola canções antigas que lhe trazem de volta recordações de uma época distante. Nestes momentos, seus olhos ficam inchados, tornando seu nome artístico absolutamente apropriado.

Mesmo sabendo da impaciência de minha mãe diante de perguntas, eu as formulo. Temos pouquíssimos momentos bons juntas, pois quando ela não está brigando comigo porque não me saio bem nos testes de atriz, ela me critica por eu viver doente. Portanto, nesta noite rara, enquanto minha mãe ainda não começou a disparar suas mágoas, sinto que não posso perder a oportunidade de tirar todas as dúvidas que tenho sobre a história da nossa família. Sempre que Lágrima está presente, minha mãe se sente visivelmente podada, não me conta as coisas do jeito que eu gostaria. Após minutos de reflexão, depois de quase desistir, tomo coragem e indago: *Mãe, por que Lágrima me falou que você não é uma Grimaldi de verdade? Você é uma filha bastarda?*

Fula de raiva, após cerrar o maxilar, minha mãe responde: *Vou repetir, mais uma vez: nunca acredite em nada do que Lágrima diz. Ela puxou à natureza ruim de tia Eva, não passa de uma pessoa infeliz.*

Tia Eva... Não, eu nunca suportei tia Eva. Além de feia, ela se comportava de maneira vulgar. Fingia ser ingênua, mas a verdade é que era uma mulher muito cruel, dava golpes, sentia prazer em destruir qualquer pessoa que passava por sua vida. Ao contrário de minha mãe, sempre tão fina, tia Eva adorava chocar todos que conviviam com ela. Lágrima pode não gostar que eu lhe conte estas histórias, minha filha, mas não vou esconder de você: soube que, até recentemente, tia Eva ainda estava viva. E que continuava livre e solta. Ou seja: não existe essa conversa de justiça divina.

Vivo um dilema terrível: ao mesmo tempo em que desejo crescer para conhecer meu pai, sinto medo, muito medo da hora em que eu me tornar bonita. Neste momento, saberei que estou mesmo próxima do fim, pois isto aconteceu com todas as mulheres da minha família. Por outro lado, também me desespero com a ideia de morrer enquanto estou assim, horrorosa, escondida neste corpo de menina. Quero com todas as minhas forças achar meu pai o mais cedo possível, não aceito a ideia de deixar este mundo sem conhecê-lo. No entanto, possuo um problema: preciso que ele me reconheça e creio que ele tem que ver que herdei sua beleza, pois apenas deste modo, acreditará que sou mesmo sua filha.

Desde criança, criei o hábito de escrever longas cartas para Deus. Nelas, peço a Providência que decida o que é melhor para mim, já que não me acho capaz de fazer isso. Nelas, lamento o temperamento terrível de minha mãe, questiono o grande amor que ela diz sentir, reclamo de suas ausências. Também acabo me culpando por não ter capacidade de oferecer um sentimento puro para Lágrima. Estou longe de ser uma pessoa boa, correta. Mesmo Lágrima sendo tão atenciosa comigo, não consigo me desvencilhar da vergonha que tenho da estranheza dela. A verdade é que não suporto passear ao seu lado, pois acabamos engolidas pelo olhar alheio. Justamente por causa destas coisas, fizemos um acordo silencioso: salvo quando preciso ser levada para as emergências dos hospitais, apenas vamos juntas à igreja, nas quartas-feiras, depois da missa.

Pergunto: o que eu fiz para merecer tantas doenças e uma família tão atípica? Por que não posso ser como uma criança normal que, aos domingos, se diverte em piqueniques e corre sem destino atrás de seus cachorros? Por que não passo de uma magricela fracassada, praticamente, sem parentes vivos? Por que preciso fingir que sonho em virar atriz? Por que minhas mães não são como as das outras meninas da escola? Será que elas também têm medo que seus pais jamais voltem dos seus trabalhos? Se dizem que a infância é a época mais feliz da vida e eu me sinto assim, que diabos o futuro reserva para mim?

Numa noite, Lágrima sai com uma roupa melhor do que as de costume. Sua maquiagem parece mais caprichada, se não me engano, o vestido que ela está usando foi um dos últimos que costurou. Tudo nela soa diferente, chego até a achá-la charmosa. Seu humor parece bom: ela está sorrindo à toa e fica tentando puxar assunto comigo. Minha mãe ainda não chegou em casa, me sinto angustiada, não quero que ela perceba que Lágrima está contente e dê um jeito de estragar sua alegria. Com minha mãe funciona assim: se ela percebe que alguém está bem, ela acaba conseguindo mudar a situação, precisa ser sempre o centro das atenções. Eu torço bastante para que ela chegue cansada e não note nenhuma mudança em Lágrima. É melhor para todos que seja assim.

Por um milagre, no minuto em que minha mãe pisa os pés na sala, Lágrima ouve alguém buzinar e sai. Ela não permite que minha mãe repare como está bonita, tampouco lhe dá satisfações sobre com quem ou onde está indo. Eu e meu irmão morremos de rir: minha mãe perde o controle, precisa ter conhecimento de tudo, fica aflita, apoia-se no parapeito da janela, tenta descobrir qualquer informação sobre as companhias de Lágrima. Quando percebe que nada conseguirá saber, se irrita, desconta em mim, grita que sou uma filha desgraçada, manda que eu vá dormir. Seu tom de voz é alto, escandaloso. Num primeiro momento, chego a sentir vergonha só de imaginar que o vizinho ouviu suas grosserias. Logo depois, passo a tentar não me aborrecer com seus desaforos, meu irmão me convence a não revidar, pelo nosso bem e o de Lágrima. Para me acalmar, respiro fundo. É melhor para todos que seja assim.

No dia seguinte, acordamos com gritos. Eu e meu irmão corremos, queremos entender o que está acontecendo. Já no outro quarto, descubro Lágrima com o rosto dilacerado. Ao seu lado, em absoluto silêncio, minha mãe cuida dos seus ferimentos.

Somos, em boa parte, aquilo que lembramos. Uma mistura de sonhos, melancolia e cicatrizes antigas. Eu, aos dez anos. Minha mãe de calcinha e sutiã pretos, brincando de estátua, no meio da sala. Lágrima já curada, a observando atentamente, medindo o tamanho de seus seios e quadris. Eu e meu irmão tentando imaginar o que minha avó e minhas tias pensavam desta cena, nós tentando acreditar que, lá dentro dos porta-retratos, elas deviam estar satisfeitas com este momento de trégua. A caixa de costura de madeira em cima do tapete persa. *Pare de brincar com as agulhas, minha filha, você vai acabar se machucando.* O tom de voz de minha mãe menos estridente do que de costume. Ela, visivelmente, sentindo prazer com a situação. O vestido de renda quase pronto, Lágrima absorta, Lágrima o alinhando. Eu, no meio de tudo isso, descobrindo que a paz tem suas mãos dadas com as da felicidade. Eu, aliviada, calma. Eu, compreendendo: na minha pequena família de mulheres, costurar significava compartilhar, perder-se de si, doar-se um pouco para o outro.

Hoje, constato: Lágrima fazia amor com os tecidos. Seus vestidos nada mais eram do que frutos destes encontros, seus vestidos eram como seus filhos. No entanto, apesar de apaixonada por suas criações, ela quase não as usava, se sentia indigna delas, inadequada. Legava-as para minha mãe, não por generosidade, mas por ficar maravilhada em ver suas roupas sendo vestidas por uma mulher tão linda. Minha mãe, estranhamente, não se incomodava: precisava deste olhar de Lágrima. Nestas ocasiões, renunciava à sua natureza dominadora, aceitava sem pudores a condição de sujeito passivo. Diante do espelho, nestes momentos, apaixonavam-se, ora uma pela outra, ora por suas imagens recém-construídas. Assim, em questão de segundos, através das roupas, se tocavam. Quando do corpo já desnudo de minha mãe, se separavam. Destes acordos amorosos, só havia um ponto definido: minha mãe, após se entregar para Lágrima, sofria por saber que era a musa apenas dos seus vestidos.

Assim como fazem os heróis que retornam da guerra, o homem que amo voltará para seu castelo. Desavisadamente. Quando chegar, será recebido com honrarias. Terá desertado. Todos saberão disso e comemorarão sua coragem. Pelo caminho, ele terá me abandonado. Assim como todos os homens que passaram pela minha vida. Desavisadamente. Cinco anos depois, num fim de tarde qualquer, sem motivo, ele me telefonará. Dirá que, depois que me deixou, nunca conseguiu passar um dia sequer sem pensar em mim. Dirá que, em todas as noites após a nossa separação, tentou recobrar a magia dos nossos primeiros encontros. Comentará que, em diversas madrugadas, por instantes, se confundiu, achou que era eu a pessoa deitada ao seu lado. Após um breve silêncio constrangido, perguntará sobre o meu rosto, dirá que ainda me imagina uma mulher muito bonita. Por fim, ressaltará que guarda de mim somente as melhores lembranças e que, nos momentos de desespero, quando lhe parece que aquilo que vivemos nunca aconteceu, encontra consolo numa fotografia nossa antiga.

CAPÍTULO 3
UMA VALSA PARA O ESQUECIMENTO

Em pé, ao lado da cama, Helena testemunhava com torpor a desgraça de sua patroa. Em alguns momentos, chegou a se perguntar se aquela era também uma dor sua, tamanho o medo de se descobrir, algum dia, numa situação daquele tipo. Protegeu-se dizendo que o mundo dos ricos era mesmo uma barbárie e que ela, pobre, não fazia parte dele. Sabendo-se tola por querer se enganar com um argumento tão pueril, sentiu vontade de vomitar. Berna teve o que mereceu, mas a descoberta de que o destino (Deus?) castigava de verdade, lhe causava uma perplexidade intolerável. Apesar do forte incômodo físico que tomava conta do seu corpo, repetiu para si mesma que necessitava ser forte, a Senhora de Menezes Grimaldi não tinha com quem contar, as crianças eram pequenas, havia somente ela. Na verdade, culpava-se: não se preparou para aquele momento, apesar das intuições que lhe anunciavam que, em breve, ele chegaria. Pensava que era possível que nada nunca fosse revelado, agiu de modo negligente, não é preciso que se frequente uma faculdade de Direito para que se saiba que, mesmo quando do erro, ninguém pode alegar o desconhecimento da lei. Histórias abomináveis não são comparáveis entre si, mas o desfecho daquela, Helena já pressentia que seria o mais terrível que conheceria. Além da culpa, existia também a dúvida: qual dor da Senhora de Menezes Grimaldi era mais forte? A da morte da amiga ou a da revelação do verdadeiro caráter dela? A traição do marido ou a daquela que se comportava como uma irmã? A vergonha por nunca ter percebido nada? A descoberta de que Berna não era tão feliz quanto dizia ser? Será que todos os outros sabiam do fato e riam dela pelas costas? Naquele momento, parecia para Helena que sua avó paterna nunca havia sido uma menina pequena, seu pranto era adulto, lento. Isto lhe causava um horror ainda maior, preferia o escândalo àquele desespero polido. Num súbito ataque de raiva, cogitou estapear a patroa, desejou lhe dizer que tinha conhecimento de tudo há anos e que qualquer coisa que ela viveu, antes daquele dia, foi apenas um sonho. Sim, precisava fazer algo para que aquele momento terminasse mais depressa. Acreditava que, se tomasse uma atitude brusca, mudaria a atmosfera do ambiente. Era preferível o ódio à desilusão, pois este sentimento passa, enquanto o outro dura a vida inteira. No entanto, não foi corajosa o suficiente para agir, para falar o que queria de maneira audível, já que também subitamente, percebeu: a dor maior da Senhora de Menezes Grimaldi era a da perda de Berna como um todo, pois antes de uma pessoa, Berna era uma fantasia que a patroa, a partir daquele dia, não mais teria a esperança de apreciar.

Há um conselho que qualquer mãe responsável tem obrigação de dividir com seus filhos: o casamento somente funciona para aqueles que renunciaram à felicidade. Não que todos os casamentos sejam infelizes ou causa de infelicidade. Mas somente aqueles que não esperam a felicidade conseguem suportar a quase certa não felicidade que o convívio diário com o ser amado traz. Por não felicidade não se deve entender infelicidade, são coisas distintas. É possível viver bem com a não felicidade, ela permite as cautelas necessárias para que alguém possa existir de forma razoável, mas é preciso que ela seja aceita verdadeiramente para que não se confunda com infelicidade. É lamentável que a maioria das pessoas sejam criadas nestes sistemas binários de emoções, pois seus juízos de valor sobre si mesmas ficam contaminados. Infelizmente, a mãe da Senhora de Menezes Grimaldi era uma mulher convencional demais para desmistificar, desde cedo, a vida para a filha. Além do mais, ainda que imaginasse que o casamento não corresponderia aos anseios mais profundos de sua menina, ela temia que estivesse enganada, pois já havia errado, se decepcionado demais com seus próprios julgamentos.

Uma casa enorme, decorada ao seu gosto. Cinco filhos saudáveis. Um marido bem-sucedido. Logo depois do casamento, mesmo antes do episódio de Berna, seu maior anseio já era abandonar tudo isto. Apesar de saber que, de certo modo, era uma sorte o que possuía, simplesmente odiava ser vista como uma mulher que correspondia ao ideal de sucesso daquele lugar. Os símbolos clássicos do seu suposto êxito, ingredientes da suposta receita para uma suposta existência plena, a enojavam. Não os símbolos em si, mas a mera existência deles. Alguém poderia dizer: então por que ela não renunciou ao que tanto menosprezava, depois da descoberta da traição com Berna? Por que não insistiu, até o fim, no desejo de abandonar tudo aquilo? A resposta é complexa, mas convincente: o mundo encantado da Senhora de Menezes Grimaldi era Berna. A revelação de que ela não passava de uma fraude, obrigou sua avó a aceitar que nada melhor existia da porta para fora da sua mansão. Além do mais, podemos até acreditar que sabemos qual será a nossa reação diante de um dado acontecimento, mas jamais poderemos ter certeza de como nos sentiremos quando nos depararmos com este mesmo ocorrido. Sim, no fatídico dia, a Senhora de Menezes Grimaldi decidiu largar o Senhor Luiz Antônio Grimaldi e nunca se valeu da desculpa de que tinha que manter a família unida para se impedir de tomar uma posição. Mesmo se sentindo aterrorizada, diante da recente clareza do seu pouco conhecimento sobre os seres humanos, sua decisão parecia irrevogável e ela estava disposta a recomeçar.

Aos dezoito anos, no pátio do colégio, o adolescente Luiz Antônio Grimaldi roubou um beijo da então Senhorita de Menezes. Na ocasião, ambos sentiram um calor tomar conta de seus corpos, mas os motivos que geraram esta sensação nos dois não eram os mesmos. A Senhorita de Menezes jamais havia beijado alguém em toda a sua vida e o seu calor era um misto de euforia e paixão. Ela nutria, há algum tempo, um sentimento que pensava secreto por aquele rapaz de cabelos indisciplinados e comportamento irresponsável. Já o calor do adolescente Luiz Antônio Grimaldi era oriundo da adrenalina do momento, gostava de fazer coisas proibidas. Beijar a Senhorita de Menezes, conhecida por conta de sua educação rígida, em pleno pátio de uma escola de freiras, fazia com que ele se sentisse superior a todas as regras.

Não, ninguém podia imaginar o que disso decorreria. O primeiro beijo da Senhora de Menezes Grimaldi foi também apenas o primeiro de uma série de furtos que, quando tornado Senhor, Luiz Antônio Grimaldi passaria a cometer.

Sabe Deus se ele realmente acreditava nas coisas que dizia ou se estava apenas se divertindo, representando. O fato é que o Senhor Luiz Antônio Grimaldi, na juventude, proclamava aos quatro ventos que nunca seria um político como seu pai. Não que repudiasse a herança da família. Claro, ele queria ser político, mas não como um daqueles da sua cidade. Comunismo. Esta era sua palavra favorita. Após passar seis meses estudando na Europa, Luiz Antônio Grimaldi havia chegado naquele lugar com um visual e um discurso muito diferente do antigo. *Se os comunistas estão errados, então não há esperança para o mundo,* ele costumava repetir com intuito de chocar seu pai. E, sim, sem dar os devidos créditos para Sartre, conhecido como o autor da frase.

    Apesar de bastante tolo para alguém que se pensava tão mais capaz que os outros, foi justamente uma destas falas prontas do Senhor Luiz Antônio Grimaldi que fez com que a Senhora de Menezes Grimaldi se apaixonasse. Ainda que tivesse um temperamento imprevisível, aos quinze anos, ela jamais ousaria dizer coisas como aquelas. Afinal de contas, ela era somente uma menina insegura que sonhava com a hora em que não se submeteria mais às ordens de seu pai. Sim, ela estava totalmente deslumbrada com aquele rapaz destemido que também percebia que estava tudo errado naquele lugar. Assim como ela, ele queria transformar o mundo, defendia que todas as pessoas deveriam ser tratadas com a mesma consideração, independentemente, de sua cor ou classe social. Além do discurso engajado, o visual dele era moderno, revolucionário. Diferente dos outros garotos que conhecia, todos prévias de seus pais, ele era jovem e se orgulhava disto. A Senhora de Menezes Grimaldi se encantava com o fato de o Senhor Luiz Antônio Grimaldi não parecer preocupado em envelhecer para conseguir o respeito alheio. Definitivamente, ele em nada se parecia com os homens oleosos daquela cidade.

Nas últimas páginas do seu caderno, ela escrevia com a letra mais bordada possível: Senhora de Menezes Grimaldi. Casar-se com aquele menino era o seu maior objetivo e colocar seu nome de casada, no papel, lhe parecia a forma mais próxima de vislumbrá-lo como realidade. Apesar de soar conservador, ela gostava do som e da ideia que aquela união de sobrenomes representava. Por ser adolescente e ter nascido numa época em que se esperava muito pouco das mulheres, ela não tinha a devida percepção do quanto era contraditório sonhar com independência vinculando-a a qualquer coisa, que dirá, a um casamento. É verdade que, quando pensava no assunto, vislumbrava algo distinto da relação de seus pais. Sentia horror de, algum dia, na condição de esposa, ter que escutar reclamações sobre a comida ou os desaforos sem motivo que seu pai dirigia para sua mãe. Na sua cabeça, casando-se com aquele menino tão único, nada disto ocorreria. Dois, dois eram os desafios que tinha pela frente: fazer com que o Senhor Luiz Antônio Grimaldi pedisse sua mão o mais rápido possível e arrumar um jeito de sua família não estragar seus planos.

A Senhora de Menezes Grimaldi era a única menina, dentre os quatro filhos do casal de Menezes. Mais reprimida do que protegida, desde muito cedo, ela se indignava com o fato de não ter as mesmas possibilidades que seus irmãos. Enquanto, nas férias, eles podiam correr com as outras crianças e trabalhar na relojoaria, ela era confinada às visitas à igreja e à solidão das tarefas domésticas. Quando se atrevia a subir em árvores, seu pai a colocava de castigo, dizia que ela tinha que aprender a se comportar como uma moça. A mãe, de quem copiou as maneiras suaves e delicadas, tentava acalmá-la, explicava que ser mulher era uma bênção, não havia nada mais importante do que gerar filhos. Quando pequena, não, a Senhora de Menezes Grimaldi não compreendia o valor disso. No entanto, aos quinze anos, quis testar se era verdade o que sua mãe pregava.

O jovem Luiz Antônio Grimaldi, apesar de nascido em berço de ouro, jamais seria um pretendente aceito pelo Senhor de Menezes para sua filha. Naquele tempo, não apenas o dinheiro importava e as ideias comunistas do rapaz eram motivo de fofocas das mais diversas. Ainda que não fosse dado a estabelecer intimidades com qualquer pessoa, o Senhor de Menezes havia tomado conhecimento, por meio dos vizinhos, da má fama do filho dos Grimaldi. Portanto, ele nunca permitiria que um sujeito deste tipo namorasse sua filha.

Ela não conseguia dizer o que tinha vindo primeiro: o forte tapa na cara ou o *vagabunda*. Seus irmãos pareciam perplexos e a mãe soluçava de tanto chorar. A palma da mão do pai havia deixado uma marca quente no seu rosto. Sim, existia a dor física, mas ela lhe proporcionava uma dose estranha de prazer. Talvez esta tenha sido a única vez que o calor do seu corpo foi gerado pelos mesmos motivos daquele que tomava conta do Senhor Luiz Antônio Grimaldi. Não, ela não era mais como as outras moças da cidade. Havia desafiado as normas: ficou grávida, antes de ser casada.

No dia em que transaram pela primeira vez, a coragem da adolescente de Menezes surpreendeu o jovem Grimaldi. Sem dúvidas, ele ficou surpreso com a força sexual daquela menina. Seu corpo belo e bem-feito não parecia temer as consequências do ato que estavam praticando. Naquele momento, ele se percebeu interessado por aquela garota que, assim como ele, gostava de quebrar convenções e não ligava a mínima para a opinião alheia. E, ao contrário de qualquer previsão que pudesse ser feita, quando soube da gravidez da adolescente Menezes, Luiz Antônio Grimaldi ficou encantado. Planejou: seu bebê, certamente um menino, seria o primeiro membro do partido que pretendia fundar.

Eram muitas as malas que a Senhora de Menezes Grimaldi levava consigo. Um dos gêmeos estava com a cabeça apoiada no ombro de Helena, enquanto o outro permanecia com os olhos vidrados nas paisagens que se despediam pelas janelas do carro. As três Marias permaneciam caladas e quietas. Gostavam da casa da avó, mas ninguém havia lhes explicado por que estavam levando tantas coisas para lá.

O Senhor de Menezes já havia falecido há alguns anos. Apesar disso, o seu cheiro ainda se sobrepunha ao perfume das muitas flores que a mãe da Senhora de Menezes Grimaldi espalhara pela sala. Ao ver a filha e os netos, ela sorriu sem demonstrar surpresa. Como de costume, as más notícias correram rápido.

Ao entrar na casa de sua infância, sua avó paterna desabou. Sua mãe alisava seus cabelos com as mesmas mãos velhas, macias e rechonchudas da época em que ela era pequena. Desde o momento em que recebeu o fatídico telefonema, a Senhora de Menezes Grimaldi pensou que nunca mais se sentiria protegida. Diante do carinho daquela mulher que tanto a amava, percebeu que poderia reconsiderar esta sensação.

Quando acordou no dia seguinte, o café da manhã já havia sido posto na mesa. Entre parcos goles de um chá, comunicou seus planos para a mãe. Seus filhos estavam no jardim, acompanhados de Helena. A Senhora de Menezes Grimaldi repetiu, diversas vezes, entre breves olhares direcionados para eles: *não é uma situação fácil, mas irão se acostumar.*

Como se tivesse tomado um choque elétrico. Ou escutado, novamente, uma notícia como a daquela traição da amiga com o marido. De repente, uma velha e conhecida dor a tomou por completo. Lembrou-se do tapa na cara e o tom de voz irritado do seu pai voltou para aquele lar. Impassível, sua bisavó paterna, a mãe da Senhora de Menezes Grimaldi, sentenciou: *Anos atrás, você fez sua escolha. Não se destrói uma família por um motivo como este. No início da sua juventude, descobri que seu pai estava apaixonado por Berna, mas nem por isso eu larguei meu marido ou prejudiquei meus filhos.*

Nunca tive certeza se foi apenas platônico, coisa de homem que está ficando velho ou se algo realmente aconteceu entre eles. Concedi à Berna o benefício da dúvida, eu a tinha como uma filha, preferi não contar nada para ninguém. Desde anteontem, percebi o quanto errei, mas de qualquer modo, Berna está morta, não irá mais atrapalhar seu casamento. Seja uma mulher de verdade, finja que nada aconteceu, volte para sua casa. Aqui você não pode ficar.

Porque não suporto mais fazer testes de atriz, porque não aguento mais os olhares predatórios dos homens dos estúdios, aos doze anos de idade, decido acabar com tudo isto. Enfurecida, encontro a tesoura no lugar de sempre: ela está lá, disponível, na segunda gaveta da penteadeira. Sem piedade, acabo com as esperanças de minha mãe. Diante daquele espelho, descarto meus longos cabelos.

Eu ainda consigo sentir a violência com que aquelas palavras me atingiram. Eu não as esperava, pois estávamos em plena luz do dia. Fora isso, naquela época, acreditava piamente que sendo boa, apenas coisas boas me aconteceriam. Mesmo hoje, causa-me espanto, talvez até um pouco de inveja, descobrir gente assim: que é má sem medo, sem nenhum tipo de receio.

Eu poderia falar das diversas pessoas que me machucaram, ao longo da minha existência. Creio que muitas delas ainda devem estar vivas e é possível que se arrependam dos seus erros. Perdoo quase todas, salvo a menina daquele dia. Qualquer ser humano tem o direito de acreditar que foi criado por pessoas normais, dignas. E aquilo que me foi dito ultrapassou qualquer limite. Mais do que uma maldade, aquela menina revelou para todos da escola um segredo da minha família que, nem mesmo eu, havia constatado que existia.

Tenho treze anos. Aos prantos, no pátio, grito: *meu pai é ator de filmes e novelas, muito rico e conhecido! Vocês verão, alguma hora, ele acabará aparecendo aqui!*

Todos riem, zombam. Não param de repetir o que a menina disse para mim.

Por conta do empurrão que dei nela, acabo sendo suspensa. Fico apavorada com a possibilidade de Lágrima e minha mãe serem chamadas no colégio. Isto, de algum modo, as acabaria obrigando a me dizer aquilo que eu não gostaria de ter certeza. Milagrosamente, a diretora se compadece do meu desespero, trata-me com um carinho disfarçado de bronca. No entanto, não me livra do castigo. A minha pena é trabalhar, por um mês, como ajudante da senhora da biblioteca.

Aglaja é quase idêntica a mim. Além de possuir um nome esquisito, também é uma menina que não foi estrela. O pior de tudo é que ela tem um pai terrível. Quando descobri, achei até melhor o meu não ter aparecido.

Clarice é bonita, esguia. Guarda no rosto uma expressão de criança assombrada. No mesmo dia em que a conheci, compreendi que não precisava sofrer tanto. Não fui, no mundo, a única vítima de uma criatura infeliz.

Porque descubro que não estou só, porque descubro que, para além das paredes dos estúdios e da minha casa, existem pessoas que não são apenas bonecas, minha existência se transforma, ganha um sentido. O meu trabalho na biblioteca me permite uma função, sinto-me honrada por fazer algo útil, noto que sou apreciada pelos adultos que passam por lá. Esta é a primeira vez, em toda a minha vida, que não sou apenas a menina doente ou o pedaço de carne exposto a qualquer preço. Produzo algo de valor, independo do consentimento de Lágrima ou de minha mãe para ser admirada e reconhecida. Mas, não, não falo disso com ninguém. Aprendi com Clarice: não há felicidade melhor que a clandestina.

O menino é dois anos mais velho do que eu. Não posso descrevê-lo, pois seu rosto está em transformação, o destino ainda não decidiu se será feio ou bonito, portanto, ele passa despercebido. Reservado, o menino parece ter mais segurança do que a maioria dos garotos de sua idade. Frequenta a biblioteca sem nenhum embaraço. Eu nunca troquei uma palavra com ele, mas tenho certeza de que também reputa ridículos seus colegas que se supõem transgressores apenas porque ridicularizam quem não se enquadra nas suas hierarquias colegiais. Eu nunca tive coragem de falar com este menino, no entanto, tenho certeza de que ele é do tipo que somente é convidado para as festas de modo acidental. Certamente, não deve ser o odiado da classe, é bem provável que tenha alguns amigos, mas não é muito popular com as meninas. Sim, de algum modo, deve sofrer por não partilhar dos ritos tidos como naturais dos garotos de sua idade, por não jogar futebol, nem ver graça em se embebedar. Mas, sim, ele possui maturidade suficiente para entender que não se controla o fluxo de energia que nos anima, a força que nos torna seres singulares na vida. Já que sou muito tímida e não tenho coragem de me apresentar, passo a conhecer o seu universo, a partir dos relatos dos seus companheiros. Assim conheço Franz, um menino franzino e solitário. Acabo também aprendendo muito sobre minha família, ao lado de George e seus bichos. Passo meses, desta maneira: pegando emprestado, na biblioteca, cada livro que pelo menino é devolvido. No fim do ano, já perto das férias escolares, apavoro-me por não saber o que ele, durante os dois meses consecutivos, lerá. E é assim que me descubro, pela primeira vez: apaixonada, inebriada.

Em que pese, na infância, eu nunca ter sido estimulada a ler por minhas mães, no quarto delas, existiam muitos livros. Quase todos eram de Lágrima e versavam sobre coisas de mulher. Quase todos falavam de feminismo.

Passo a acompanhar a distância a vida do menino cujo rosto não posso descrever. Descubro, pelas fofocas dos corredores do colégio, que os pais dele são separados, que ele passou as férias na praia e que há uma menina da outra classe que deseja ser sua namorada. Durante noites seguidas, fico sem dormir, desespero-me com a possibilidade de ele gostar dela. Apesar de eu achá-la sem graça, uma coisa é certa: não tenho nenhuma chance, sou mais nova, meus cabelos estão curtos como os dele, fora isso, sou magricela e só vivo doente. Como alguém se interessaria por mim?

Já tinha quase um ano que eu o havia percebido. Chamo de milagre o nosso encontro porque, no dia deste passeio da escola, estranhamente, eu não estava prostrada numa cama. Além disso, minhas mães, ainda mais estranhamente, permitiram que eu fosse. De repente, enquanto estou sentada sozinha na beira do lago, ele se aproxima e puxa assunto comigo. Diz que sempre nota minha presença na biblioteca, pergunta porque gosto de usar roupas largas, se interessa também em saber quais são os meus livros preferidos. Eu não quero que ele perceba que meu repertório se resume ao que ele lê e, por impulso, falo um título que, somente depois do nosso encontro, irei efetivamente conhecer. No mesmo instante, ele olha para mim encantado. Comenta que, há tempos, me acha diferente das outras meninas da minha idade. Por fim, diz que gostaria de ficar para sempre do meu lado.

Algumas lembranças daquele dia, ainda hoje, me abraçam. Os braços longos daquele menino, o frio na barriga, meu primeiro carinho masculino. O beijo desajeitado. Nossos sonhos juvenis. Cinco anos depois, conhecerei o homem que amo. Mesmo assim, de vez em quando, fecharei os olhos e pensarei neste garoto lindo cujo rosto, infelizmente, não pude saber o destino.

CAPÍTULO 4
UMA VALSA PARA O ESQUECIMENTO

Foi no banco traseiro de um carro que a primeira Maria foi concebida. No céu, as três Marias, estrelas para as quais a Senhora de Menezes Grimaldi costumava endereçar seus pedidos, registraram o acontecimento. Partes da constelação de Orion, facilmente identificáveis por viverem alinhadas, elas escutaram a promessa. *Se eu ficar grávida de uma menina, ela se chamará Maria. Quantas meninas eu tenha, serão todas Marias em homenagem a vocês, minhas padroeiras, que sempre me protegeram.* Talvez não fosse possível para Jó, mas Deus tem as senhas de acesso. Desatou-se, ainda que momentaneamente, o cinturão de Orion: num espaço de quatro anos, a Senhora de Menezes Grimaldi deu à luz as suas três estrelas, suas três meninas, as três Marias.

Maria Alnilam de Menezes Grimaldi, assim foi batizada a primeira que nasceu. A segunda recebeu o nome de Maria Alnitaka. A terceira: Maria Mintaka. Mesmo diante dos protestos de sua bisavó, que insistia que as meninas fossem chamadas como suas santas de devoção, a Senhora de Menezes Grimaldi se manteve irredutível. Maria era somente o nome popular das estrelas e devia a elas que suas filhas também tivessem suas alcunhas verdadeiras. Além do mais, não queria que suas crianças carregassem qualquer peso religioso. O Senhor Luiz Antônio Grimaldi nunca opinou sobre este assunto, mas, de qualquer modo, não se incomodou com o fato de suas filhas terem sido batizadas de forma tão incomum. Por conta da estranheza e até mesmo da dificuldade de se decorar os nomes compostos das meninas, todos passaram a se referir a elas a partir da ordem de nascença. A primeira Maria, ainda que fruto de uma gravidez de risco, nasceu perfeita. Mesmo sendo uma pessoa contida, a Senhora de Menezes Grimaldi, quando a pegou no colo pela primeira vez, não conseguiu controlar a emoção. Aquela linda neném representava a sua liberdade e, consequentemente, a chegada dela também marcava o seu próprio renascimento. Nada poderia ser mais bonito que isto, nada. Mesmo após ter dado à luz os gêmeos, a chegada daquela primeira coisinha minúscula, cor-de-rosa e careca, marcou a Senhora de Menezes Grimaldi de um jeito único. Na sala de espera do hospital, Berna, o Senhor Luiz Antônio Grimaldi e sua bisavó aguardavam ansiosos. O Senhor de Menezes, ainda muito ferido com a situação, permitiu que a esposa presenciasse o momento, mas puniu a filha ao não fazer, nos dias seguintes ao parto, uma visita. No entanto, mesmo ele que fingia não se importar com o que estava acontecendo, se sentia, no íntimo, encantado com a ideia de uma criança na família. Quando o médico contou que era uma menina, a Senhora de Menezes Grimaldi fechou os olhos e agradeceu esta benção para as três Marias. Infelizmente, não foi de maneira semelhante que o Senhor Luiz Antônio Grimaldi recebeu a notícia.

A Senhora de Menezes Grimaldi não teve muito tempo para ler, ao longo da sua vida. Literatura é coisa para os pouco ocupados ou para os de algum modo desesperados, não há exceção para esta regra. Mas se houvesse conhecido um dos meus romances favoritos, quando do nascimento da primeira Maria, teria repetido as palavras de Daisy: "Alegro-me que seja menina. E espero que ela seja uma tola... que é a melhor coisa que uma menina pode ser neste mundo. Uma linda tolinha."

São muitos os motivos que levam alguém a não querer ter filhos. A mudança do corpo e a dificuldade de se manter uma vida social e financeira estável são os principais deles. A Senhora de Menezes Grimaldi jamais teve uma existência animada e dinheiro nunca foi problema para os Grimaldi. Desta forma, somente as transformações físicas lhe causaram algum incômodo. No entanto, para seu marido, nada de diferente aconteceu. Mesmo com o nascimento da primeira Maria, ele não deixou de sair com os amigos. Durante muitas noites insones, em que desconhecia o paradeiro dele, a Senhora de Menezes Grimaldi misturou suas lágrimas com as da filha. Jamais ignorou a preferência do Senhor Luiz Antônio Grimaldi por um menino, mas acreditou que a convivência se encarregaria de aproximá-lo da criança. Era impossível não a amar, não se comover com seu encanto diário por coisas comuns como flores e gatos. Além de não dar a mínima atenção para a esposa, o Senhor Luiz Antônio Grimaldi não parecia interessado em saber qualquer coisa sobre a menina.

De tudo, uma coisa é certa: não se pode perdoar a Senhora de Menezes Grimaldi pelo seu egoísmo. Ainda que fosse uma mãe dedicada, nada justifica que tenha engravidado em série apenas com o objetivo de dar para o Senhor Luiz Antônio Grimaldi o seu tão supostamente desejado filho. Ora, alguém que traçou um plano como o dela, deveria ter tido a competência de perceber que as atitudes do seu avô paterno não se modificariam apenas porque tinha nascido um ser humano com seu sangue e um pinto. Fora isso, essa ânsia enlouquecida de sua avó por um herdeiro do sexo masculino apenas fazia com que ela endossasse as divisões de papéis que sempre repudiou. Por que nenhuma das três Marias poderia ser treinada para a vida política? Quem disse que, se tivesse um menino, ele iria querer seguir os passos do pai? Foi por egoísmo, sim, por puro egoísmo, que a Senhora de Menezes Grimaldi deu à luz a todas suas crianças. Se a primeira Maria foi concebida para que a mãe pudesse se unir ao Senhor Luiz Antônio Grimaldi, a segunda e a terceira nasceram como tentativas de manter aquele casamento falido. As duas últimas meninas lhe garantiram oitenta semanas extras de sonhos e expectativas. Até o nascimento dos gêmeos, a Senhora de Menezes Grimaldi ainda era perdidamente apaixonada pelo homem com quem se casou. Apesar da óbvia falta de comprometimento dele com a família, ela permanecia acreditando que ele era especial, diferente de todos os outros. Há um véu de ignorância que cobre as cabeças adolescentes e embaça suas visões. Este véu, ao contrário daquele outro citado por um filósofo, não permite qualquer justiça. O Senhor Luiz Antônio Grimaldi era muito habilidoso socialmente, contava histórias engraçadas, encantava as pessoas que estavam ao seu redor com seus hábitos importados. Para a Senhora de Menezes Grimaldi, cujos olhos deviam estar vedados por um tecido negro de trinta metros de comprimento, estas qualidades do marido, durante muito tempo, bastaram.

Os gêmeos vieram ao mundo, poucos dias depois do aniversário de vinte e dois anos da mãe. Nesta época, a Senhora de Menezes Grimaldi já havia se despedido da adolescência e engravidou menos para conseguir ser amada pelo marido, mais para provar para ele que era capaz de ter um menino. Ela queria o seu respeito, vencer o desafio. É verdade que ainda lhe tinham sobrado resquícios de ingenuidade e ela chegou, intimamente, a achar que o Senhor Luiz Antônio Grimaldi não visitaria mais corpos alheios. Para o sofrimento causado pela traição, ainda não foi inventado analgésico e a ilusão permanece sendo o melhor paliativo. Para sua avó paterna, somente uma coisa era certa: ela não sabia quem eram todas as outras mulheres com quem seu marido dormia, mas era uma questão de honra ter um herdeiro do sexo masculino, antes de qualquer uma delas.

Seu pai não costumava falar muito sobre as três Marias. Aliás, ele sempre se referia a elas como se não merecessem qualquer observação a respeito de suas individualidades. Talvez isto acontecesse porque ele, apesar de ter convivido por grande parte da vida com as irmãs, mal as conhecia. Parece que eram meninas simpáticas e de boa índole, mas que apenas brincavam entre si, viviam muito juntas, criaram um mundo paralelo onde eram as únicas habitantes. Certa vez, seu pai chegou a comentar comigo que havia uma inexplicável barreira que os impedia de construírem uma relação com intensidade similar à que as três mantinham. Isto causava nele um enorme desconforto, sempre precisou ser amado de maneira absoluta. Existindo algo como o que elas nutriam reciprocamente, seu pai acreditava que não deveria aceitar nada menos que isto. Era de forma semelhante que suas tias se comportavam com o outro gêmeo e pode-se dizer que, até mesmo, em relação à própria mãe. Apesar de jamais ter proferido uma palavra sobre o assunto, a Senhora de Menezes Grimaldi achava suas filhas um tanto distantes, sentia dificuldade de se comunicar com elas. As meninas desafiavam qualquer ideia que se pode ter sobre crianças: eram naturalmente obedientes e silenciosas. Além do mais, não pareciam se importar com o óbvio fato de o Senhor Luiz Antônio Grimaldi não lhes dedicar a atenção esperada. Não que elas não notassem isso: tinham uma aguçada percepção da realidade. No entanto, de certo modo, parecia que se sentiam moralmente superiores e que perdoavam a fraqueza de espírito paterna. Ainda que gostassem de brincadeiras, as três Marias se comportavam como se tivessem a mesma compreensão das pessoas adultas. A Senhora de Menezes Grimaldi, ao contrário de Helena que amava as cinco crianças sem expectativas, se sentia um tanto aborrecida por não entrar no pequeno castelo das filhas. Quando as teve, também era uma menina. Não raro, perdia a paciência com as Marias sem ter um motivo razoável. Assim como faziam com o Senhor Luiz Antônio Grimaldi, as três Marias não se insurgiam contra a mãe, a respeitavam. É verdade que, às vezes, choravam baixinho, não por causa das atitudes dos pais, mas por saberem que não eram parte daquele clã do jeito que os outros membros gostariam. Sim, elas amavam muito todos os integrantes da família, só que a cumplicidade que as unia era muito forte e difícil de ser traduzida. Isto sempre foi para seu pai tanto um mistério quanto uma grande dor narcísica.

A primeira Maria faleceu, aos vinte e cinco anos. Não sei ao certo o destino nem da segunda, nem da terceira, seu pai se recusava a falar sobre o assunto. Creio que também morreram cedo. De qualquer forma, onde quer que você esteja, se precisar de proteção, é só olhar para cima. Acho que elas estarão lá do céu zelando por você. Elas, suas tias: as três Marias.

Esta sou eu, aos doze anos, nua. Chorando a despedida de uma era. Observando a dissolução de algo que jamais foi sólido, mas apenas só. Meu irmão caçula está ao meu lado, tem cabelos grisalhos e mãos trêmulas, envelheceu os anos impossíveis. Com a voz fraca, me diz que, a partir de agora, não poderá mais existir. Sou tomada por uma dor terrível no abdômen, imploro que me leve consigo. Há muito que sinto no corpo um cheiro de morte. Firme, ele nega meu pedido e defende que ainda preciso viver muito para descobri-lo, para nos entender. Vejo a sua imagem ir desaparecendo, grito, reluto em aceitar sua partida. Minutos depois, Lágrima entra no quarto e, ao perceber meu estado, me consola com palavras cheias de emoção. *Não se nasce mulher: torna-se*, ela repete, enquanto sangue escorre entre as minhas pernas.

Pergunto para a ginecologista: *Há algum remédio que me impeça de me tornar uma mulher?* Sim, porque é com pavor que descubro a confirmação do meu destino. Marcam-no com sangue: mulher. Sempre soube pouco sobre o que era ser homem. Mas todas as mulheres que conheço têm vidas difíceis. Mesmo assim, sou obrigada a me despedir. Mato para sempre meu irmão. E morre também uma parte importante de mim.

Início dos quatorze. Queimo de febre. Meu corpo está coberto de pelos, Lágrima tem nas mãos uma gilete, insiste que devo me raspar. A lembrança do meu primeiro contato mais íntimo é, ao mesmo tempo, profundamente perturbadora e excitante, não sai da minha memória. Todas as vezes que penso nesta experiência, tenho uma contínua sensação entre as pernas. Sentimentos como vergonha, decepção e deslumbramento tomam conta de mim, tiram o meu sossego. A boca do garoto que eu havia acabado de conhecer se aproximando da minha, seu hálito, sua língua. Suas mãos, de repente, nos meus seios, suas mãos alcançando o que não deviam. Mesmo eu me sentindo atraída por ele, não consigo disfarçar meu incômodo, está tudo rápido demais, sinto vontade de continuar, mas sei que haverá uma pena, caso eu permita que aconteça. Saio correndo, estou com medo, preciso postergar este momento. Nunca fui desejada deste jeito, não sei como me comportar. Eu já havia sonhado muitas vezes com este tipo de toque, mas não cheguei a experimentá-lo com o menino do rosto indefinido. Ele mudou de cidade, antes deste nosso despertar conjunto. Eu quero isto que está acontecendo, mas não posso consentir. *Cuidado, seja esperta, os homens gostam de usar as mulheres, você tem que resistir.* Além do mais, tudo é muito diferente do jeito que ocorria no meu pensamento, não consigo me perder do meu corpo, aliás, sou só corpo, peso, meus pés não se levantam, não é verdade o que dizem, não consigo flutuar. Longe de romântico, etéreo, é tudo molhado e, ao mesmo tempo, bom e nojento. Lágrima, com uma gilete na mão, dizendo: *Vamos, você não é mais uma criança, precisa se depilar.*

Por temer que Lágrima e minha mãe descubram o que aconteceu, eu guardarei este episódio como um segredo. Pensarei que sou anormal, pois sei que muitos casais se agarram e parecem fazer isso só com prazer, sem medo.

O que minha mãe acharia se soubesse que um menino beijou minha boca e quis tirar minha roupa? Será que me castigaria ou comemoraria? O que Lágrima pensaria se eu lhe contasse que, na hora em que fui tocada, fugi? Desde pequena, percebo que ela sonha em encontrar um homem. Teria ela inveja de mim?

Nas missas que Lágrima costumava me levar escondida, o padre dizia: o corpo humano é sagrado, deve ser respeitado. Mas o que significa isso? Me tornei impura, suja? Cometi um ato maldito?

Quando saio correndo, consigo fugir das mãos do menino. Mas antes de eu partir, ele comenta no meu ouvido: *Até acho você um pouco bonita. É uma pena que seja também tão esquisita.*

CAPÍTULO 5
UMA VALSA PARA O ESQUECIMENTO

Desde o início, a Senhora de Menezes Grimaldi previu que seria alvo de comentários maldosos. A igreja estava lotada: imaginou que seria assim, ninguém daquela cidade perderia a oportunidade de falar, no dia seguinte, sobre aquele casamento. Seu vestido não poderia estar mais bonito: a renda lhe dava a sobriedade necessária para a ocasião, enquanto a organza lhe permitia a lembrança de uma delicadeza já perdida. O penteado não a favorecia esteticamente, mas a sua coragem em usar o cabelo preso, em deixar o rosto exposto, sem molduras, demonstrava que ela não sentia vergonha alguma daquelas pessoas, não lhes devia satisfação sobre nada. Porque temia ser inconveniente, mas não desejava ferir seus princípios, abandonou, apenas por aquela noite, o preto pelo azul-marinho. De braços dados com um homem que não era seu marido, desfilou pela nave da catedral. Mal o conhecia, portanto, não pôde confessar que aquela música clássica, apesar de suave, não acalmava o seu nervosismo. Olhou para o Senhor Luiz Antônio Grimaldi: ao contrário dela, ele parecia tranquilo. Esta foi a única vez que ficou aliviada por ele ter sido um pai tão omisso. Definitivamente, não tinham a mesma preocupação em relação ao casamento daquele filho.

No dia em que a mãe se recusou a aceitá-la de volta, a Senhora de Menezes Grimaldi se desesperou. Onde moraria com seus cinco filhos? Quem lhe daria abrigo? Seus irmãos, todos bons homens, mas homens, jamais compreenderam o tamanho de sua dor. Era como se achassem que apenas Berna tinha se revelado uma traidora, pois o Senhor Luiz Antônio Grimaldi somente havia atuado de acordo com a cartilha do universo masculino. Eis uma coisa que a Senhora de Menezes Grimaldi, assim como eu, descobriu a duras penas: existe uma aliança tácita entre os homens que dificilmente pode ser rompida. Quase como um código de honra, ela os obriga a se protegerem mutuamente. Quando se deu conta de que, até mesmo algumas mulheres endossavam esta união secreta, sua avó se sentiu desorientada. Devia ser por isso que sempre lhe pareceu que todos os velhos daquela cidade eram membros de uma única família. A Senhora de Menezes Grimaldi não ignorava que, caso insistisse na ideia de deixar o Senhor Luiz Antônio, passaria por provações enormes. Naquele lugar, nunca encontraria um emprego: mulher separada vestia uma farda invisível de presidiária. Além do mais, não teria direito a qualquer parte da fortuna do marido: naquele tempo, divórcio era palavra inexistente no vocabulário jurídico. Seus filhos seriam estigmatizados e não receberiam uma educação formal adequada, pois as melhores escolas não aceitavam crianças de lares destruídos. No entanto, se contasse com o apoio da mãe, a Senhora de Menezes Grimaldi achava que teria tido coragem de enfrentar tudo isto. Mas como lhe foi negada qualquer ajuda, só lhe restou retornar. Ela se lembrava com perfeição do que sentiu, ao pisar os pés de volta, naquela casa: apesar de todos os objetos terem sido escolhidos por ela, eles pareciam falsos, simulacros. Aliás, a recordação dos dias em que comprou aquelas coisas lhe causava arrepios. A sua tolice juvenil; o deslumbramento por estar casando-se com um rapaz, ao mesmo tempo bonito, rebelde e rico; seus propósitos políticos; tudo isto a envergonhava tanto pelo tamanho da sua megalomania quanto pela ingenuidade. Na mesma proporção, foi tomada por um enorme nojo de tudo que via. Sabia o que isto significava: na verdade, sentia repulsa de si mesma, do seu marido e dos cinco filhos. Tentando se esquivar desta recente constatação, buscou uma forma de demonstrar alguma consideração por quem, num passado remoto, foi. Assim, no dia em que o Senhor Luiz Antônio Grimaldi deixou o hospital, após o acidente com Berna, ela tomou a decisão: colocou todas as roupas dele no quarto de hóspedes e o recebeu usando preto. Não havia alegria alguma em saber que ele estava bem, era viúva de um homem que não conheceu. Mesmo sob os fortes protestos das pessoas ao seu redor, sua avó se trajou desta maneira por quase todo o resto dos seus dias.

Por conta do seu hábito de se vestir de viúva, a Senhora de Menezes Grimaldi tinha consciência de que os olhares se voltariam para ela, no casamento daquele filho. Possivelmente, todos os fofoqueiros estariam presentes e especulariam sobre com que cor de roupa ela apareceria. É verdade que usar um vestido preto não era de todo uma ideia desarrazoada: não sabia se comemorava ou sofria pelo que estava acontecendo, desejava que sua intuição original se mostrasse um engano. Mesmo assim, preferiu não desrespeitar o filho e encontrou uma solução intermediária: usou azul-marinho.

Não que eu aceite, mas há quem insista. Defendo-me com um argumento sólido: toda e qualquer dor que está no jornal é dor de gente como a gente, pois, ao contrário da alegria, pertence ao humano. Veja: a dor humana é universal e decorre de uma lista taxativa de acontecimentos que, quando da sua ocorrência, pode ter qualquer pessoa como sujeito passivo. Não há quem não sofra pela doença ou morte de um ente amado. Já com a alegria, o processo é distinto: alguns são inaptos a senti-la, mesmo que recebam como prêmio algo que considerem grandioso. Assim você quis, minha filha, portanto, tome de presente este verso pobre: na história da sua família, não há verdade sem crueldade. Por preguiça ou encantamento, tendo sempre a concordar com homens de olhos azuis, mas o fato é que com a Senhora de Menezes Grimaldi tudo se deu de modo distinto. Sua dor, durante um bom tempo, foi pauta do jornal da cidade. O Senhor Luiz Antônio Grimaldi era um político adorado e seu acidente causou uma comoção popular. Não bastasse o desespero por não saber como proceder diante da sua descoberta, a Senhora de Menezes Grimaldi teve ainda que suportar a humilhação pública, o castigo pelo erro de ter engravidado de propósito de um homem, cuja verdadeira personalidade, ela não conhecia. Naquela época, foi obrigada a enxergar, no rosto daqueles que fingiam se solidarizar com sua tragédia, uma satisfação sorrateira. Ela e Berna não pensavam que eram melhores que os outros? Ela não quis desafiar todas as leis? Na madrugada da descoberta do caso, até o Senhor de Menezes, já morto há anos, resolveu lhe fazer uma visita. No entanto, diferente dos outros, agiu com sinceridade. *Vagabunda*, foi somente o que ele disse, antes de desaparecer do seu pesadelo.

No desfile de saída da catedral, já de braços dados com o Senhor Luiz Antônio Grimaldi, os mesmos rostos de sempre a cumprimentavam. Ela sabia o que eles pensavam sobre tudo aquilo e o que comentariam depois. Já havia presenciado este tipo de cena, milhões de vezes. Mesmo nos eventos mais monótonos, as mulheres falavam das roupas e das flores, enquanto os homens tratavam de negócios. Tinha sido assim no seu casamento: as fofocas clássicas se misturaram com as suspeitas sobre sua gravidez. Lembrou-se com raiva do dia em que entrou vestida de noiva, naquela igreja. Como era tola! Será que Berna, sua única madrinha, já estava de caso com seu marido? Nunca tinha pensado sobre isto e, por um segundo, cogitou desenlaçar seu braço do Senhor Luiz Antônio Grimaldi. Controlou-se pelo receio de provocar ainda mais especulações sobre a vida de sua família. Afinal de contas, queria o melhor para seu filho e não faria nada para estragar aquele momento. Se ele dizia que amava aquela mulher e que o casamento era mesmo o que desejava, só lhe restava acreditar. Talvez devesse até ser grata à nora. Sim, podia estar enganada sobre seu caráter. Além do mais, jamais conseguiu chegar a qualquer certeza sobre o que viu, pois estava escuro. Fora isso, não tinha o direito de julgá-la, também havia casado grávida. As três Marias e o outro gêmeo eram padrinhos do irmão e desfilavam pela igreja com seus respectivos pares. Ao vê-los em fila, pensou: absolutamente todos os seus filhos foram gerados pelos motivos errados. Não eram perfeitos, não cumpriram as missões que ela lhes destinou. Mesmo assim, os amava tanto que, nas diversas vezes que cogitou, não teve coragem de acabar com sua vida. Desesperava-se com a mera possibilidade de que ficassem desamparados.

Poucos dias depois, uma foto do casamento do gêmeo estava estampada na coluna social. Coisa da mãe do Senhor Luiz Antônio Grimaldi, com certeza. O texto mal escrito da jornalista misturava palavras estrangeiras com português como se isto lhe conferisse uma sofisticação imunizadora de qualquer compromisso com a inteligência alheia. Citações de sobrenomes, palavras como *clã*, *glamour* e *herdeiros* eram repetidas. A Senhora de Menezes Grimaldi, apesar de não ser exatamente uma mulher culta, tinha bom senso e se sentiu envergonhada em fazer parte deste lixo. Afinal de contas, de que havia adiantado toda a sua rebeldia? Apesar do marido ter sido um dos fundadores de um partido de oposição, viviam exatamente da mesma forma que os outros que ele tanto atacava. Enriqueciam dia após dia, ainda que ela não tivesse noção do quanto. Nada havia mudado naquela cidade: a pobreza de espírito era brindada com taças de champanhe, enquanto a fome se espalhava pelos cantos. Na fotografia, o seu "clã" aparecia sorrindo. Alegria? Não, definitivamente, a sua não aparecia no jornal.

Os jantares e festas dos Grimaldi sempre foram lendários pelo requinte e opulência. Mal sabiam aqueles velhos convidados o quanto a modernidade lhes seria inconveniente. Naquela década, fumar era sinônimo de elegância e bijuteria não passava de um prêmio de consolação para mulheres pobres, pois se pensava que qualquer mágoa feminina era curada com joias. Nos salões da mansão, charutos e cigarros se misturavam sem constrangimento com socialites, políticos e supostos artistas. O Senhor Luiz Antônio Grimaldi se sentia orgulhoso em ser prestigiado por grupos tão distintos e circulava pelos ambientes espalhando sua óbvia vaidade. Sua avó paterna, no início, se encantava com as histórias que lhe eram contadas, tinha vivido muito pouco e as crianças não lhe permitiam tempo livre para desenvolver qualquer conhecimento ou gosto pelas artes. Com o passar dos anos, este seu prazer desapareceu. Começou a se sentir como uma pessoa que é obrigada a assistir à mesma peça de teatro por infinitas vezes. O deslumbramento juvenil foi embora e ela percebeu que, assim como os discursos políticos, boa parte do que era dito pelos tais artistas havia sido milimetricamente ensaiado, carecia de espontaneidade. Na verdade, eles não passavam de seres da mesma espécie de seu marido: viviam criticando o sistema, mas não hesitavam em frequentar aquelas festas em busca de qualquer oportunidade obscura de patrocínio.

Muito antes de descobrir sobre o caso do marido com Berna, a Senhora de Menezes Grimaldi tomou conhecimento de uma das primeiras traições dele. Num dos jantares em sua casa, uma convidada fez questão de lhe confidenciar, fingindo que estava dando uma prova de amizade, que se dizia que

Mercedes Carvalhosa vinha sendo vista, com muita frequência, em companhia do Senhor Luiz Antônio Grimaldi. Ao tomar satisfações com o marido, sua avó paterna escutou veementes negativas e, no dia seguinte, ganhou um par de brincos de brilhante. Os gêmeos ainda não tinham sido concebidos e foi, nesta ocasião, que ela colocou na cabeça a estúpida ideia de que gerar um filho homem resolveria seus problemas.

No dia da sua volta do hospital, ao ver a Senhora de Menezes Grimaldi trajada como uma viúva, o Senhor Luiz Antônio Grimaldi se calou. Sabia que havia grandes chances de ser nomeado governador, tinha medo que a esposa saísse de casa, ignorava a recusa da sogra em abrigá-la, considerava inadequado um governador separado. Pior: receava que repensassem sua indicação. A Senhora de Menezes Grimaldi, ao ver o marido, nada comentou. Ambos permaneceram, durante muitos segundos, trocando duros olhares, mas nenhuma palavra foi pronunciada. Mas caso houvesse existido um diálogo, caso a Senhora de Menezes Grimaldi tivesse perguntado ao marido por que fez aquilo, ele poderia ter respondido com uma frase da parábola do escorpião e do sapo: simplesmente, esta era a sua natureza. No entanto, como jamais surgiu a pergunta, um silêncio eterno se instalou entre eles. Não sabiam, mas a partir desse momento, voltaram a estar, de certo modo, unidos. Assim como o escorpião e o sapo, afundaram juntos e para sempre, nas águas escuras de um rio profundo e terrível.

Como o mundo para nós é a nossa pequena casa, como o mundo para nós é a nossa pequena família de mulheres, tanto Lágrima quanto minha mãe nunca tirarão fotografias comigo, em nenhum outro lugar que não seja a nossa sala. Uma vez por ano, mesmo nos períodos de inimizade, Lágrima aprontará vestidos novos e iremos nos reunir. Para justificar o ritual, elas sempre me dirão com um tom de voz assertivo: *Você é filha de gente de bem, precisa de algo que a lembre disso.*

Quando minha mãe ou Lágrima usam a expressão "gente de bem", elas querem dizer pessoas de origem aristocrática. Não interessa para elas se, atualmente, temos ou não dinheiro. Este detalhe não lhes parece um elemento necessário para serem aceitas como parte desta casta que tanto as encanta. Tampouco acham que seja um problema viverem despejando impropérios uma contra a outra. Nos dias em que posamos para os retratos, nos tornamos ricas e limpas, portanto, tudo é esquecido, perdoado.

O que nos torna criaturas de um estrato social superior, na visão das minhas mães, consiste no fato de termos algumas roupas caras, um sobrenome sofisticado e, principalmente, uma empregada, mesmo que só duas vezes por semana. Não importa para elas que nossa funcionária não receba sua remuneração em dia. Muito menos que, nas madrugadas, diferentes homens se aglomerem na porta do nosso prédio para esperá-las e que, logo depois, quando do primeiro sinal do raiar do sol, fujam como vampiros. O que importa para minhas mães é que qualquer serviço que considerem menor não suje suas mãos, seja feito por outra pessoa. Com certa constância, elas ressaltam que preciso aprender a me portar, a honrar o sangue das mulheres dos porta-retratos. Constato: devem ter sido minha avó e minhas tias que nos outorgaram estes títulos de nobreza imaginários.

Na beira do lago, o menino sem rosto definido me pergunta: *Qual seu livro favorito?* Lembro-me de um título que vi numa das estantes, portanto, respondo: *O amante*, de Marguerite Duras.

Assim como Marguerite, há uma fotografia minha que nunca foi tirada, que restou para sempre esquecida. Que escapou à lógica da minha infância, à indústria do medo em que fui criada. Neste retrato, pareço uma criança sofrida, portanto, sou ignorada, já que pelo olhar do outro não mereço tamanho esforço, já que pelo olhar do outro não mereço qualquer registro. Com quatorze anos, meus pés estarão descalços e meus cabelos, ao contrário da época dos meus doze, não terão sido descartados por mim e, sim, levados. Neste dia da não fotografia, me odiarei e minha mãe tanto me odiará quanto se odiará, não lhe parece possível que algo seu fique num estado tão lamentável. No entanto, mesmo sendo obrigada a encarar precocemente o espanto de estar, ao mesmo tempo, morta e viva, acabo sendo apresentada a uma liberdade irrestrita. Neste ano, por eu ter ficado gravemente doente, não fui obrigada a ser uma mentira.

Parecia um dia qualquer. A única diferença era que, daquela vez, sentia-me muito pior do que de costume. Tamanha a minha sensação de desconforto, não tinha forças para fazer qualquer coisa. Diante do médico, Lágrima repetia o que ela acreditava que me fazia adoecer: a ausência de atenção de minha mãe. Consigo lembrar como se fosse hoje: com um tom de voz preocupado, ela revela que eu, quase dois anos antes, tive a minha primeira menstruação e que este evento me deixou muito perturbada. Ela narra a minha história em voz baixa, pensa que, agindo assim, não escutarei o que diz. Acabo constando que mesmo os adultos mais inteligentes parecem acreditar que crianças e adolescentes não tem o desenvolvimento completo da audição. Finjo que não estou atenta ao que ela fala, afinal não quero me constranger, tampouco constrangê-la. Da mesma forma que nas últimas consultas, o doutor me examina, mas diferente de sempre, confessa com o olhar: *só nos resta rezar*. A verdade é que, desta vez, ele não consegue descobrir o que está acontecendo comigo. E, por conta disso, acredita que nada mais pode fazer.

    Nesta época, Lágrima ainda continuava apresentando seu show, nas terças-feiras. Minha mãe, de forma habitual, respira com violência. Impaciente, reclama em ter que passar a noite em casa cuidando de mim, diz que Lágrima está perdendo seu tempo, já que nunca alcançará o estrelato. Fico horrorizada, estou à beira da morte e minha mãe ignora isso, parece não se dar conta do meu estado. Com a única intenção de criar mais problemas, ela começa a criticar as roupas novas de Lágrima, chama-a de cafona e canastrona, comenta que para a sua falta de talento não existe solução. Lágrima não pronuncia uma palavra, precisa ganhar aquele dinheiro, finge que minha mãe não está presente. Logo depois, fica ao meu lado na cama, diz que deseja que eu sonhe com os anjos e acorde curada. Sua voz carrega uma tranquilidade que indica que ela tem certeza de que eu irei melhorar. Por conta disso, acabo me sentindo até um pouco mais confiante. As luzes do meu quarto se apagam e um sono avassalador me toma por completo.

Não, o outro dia não foi apenas um outro dia. No outro dia, acordei num lugar diferente, vazio, um lugar que não era a minha casa. Por um minuto, pensei que era o céu. Mas minha mãe estava lá.

CAPÍTULO 6
UMA VALSA PARA O ESQUECIMENTO

Os objetos que, um dia, tanto amou quanto odiou estavam todos ali, no mesmo lugar da sala. Ainda bem que, quando foi obrigada a retornar para aquela casa, não teve o impulso de quebrá-los, pois eles eram sua salvação, testemunhas do que dizia. Não precisava avisar para Helena: imaginava que ela pressentia que jamais poderia voltar a tocar neles. Como Helena era a patroa de fato, se encarregaria de dar a mesma ordem aos outros empregados. Não admitiria que tirassem suas coisas do lugar, não aceitaria que modificassem sua memória recente, não tinha escutado ou visto nada de incomum. Tudo estava na mais perfeita normalidade, ninguém a convenceria do contrário. *Ora!* Por que todas aquelas pessoas a cumprimentavam com lágrimas nos olhos? Finalmente, estavam com vergonha do que se tornaram? Quem, desta vez, as havia convidado? *Vamos, comecem a dançar!* gritou com raiva. Era uma festa, uma como qualquer outra, por que estavam se comportando daquele modo? Nada havia mudado, nada havia mudado. Os objetos estavam ali para provar que tinha razão. Se fosse verdade o que diziam, isto teria destruído sua casa. *Ora!* Aquelas pessoas lhe deviam respeito, quem lhes deu permissão para usarem aquelas roupas? Falsos! Tanto a criticaram por seus vestidos pretos e agora pareciam clones dela. Milhões de clones dela! Não iria lhes dar nenhuma oportunidade, não os cumprimentaria, não permitiria que a enganassem dentro da sua própria casa! Eram mentirosos! Mentirosos! Os objetos lhe demonstravam que nada havia mudado, estavam todos no mesmo lugar, as crianças dormiam nos quartos, era só mais uma festa, não? Pois bem, por que aquelas pessoas não iam logo dançar? Por que não a deixavam em paz? Quem disse que queria receber tantas flores? Por que estavam fazendo isso com ela? Por que até sua mãe estava compactuando com aquelas pessoas? Não bastava não ter lhe abrigado, quando mais precisou?

Maria Alnilam de Menezes Grimaldi, assim foi batizada a primeira que nasceu. A segunda recebeu o nome de Maria Alnitaka. A terceira: Maria Mintaka. Os gêmeos, no seu colo. *Dois meninos! Gêmeos! Quem poderia imaginar tamanha sorte? Gêmeos!* Nasceram em setembro, mas ao contrário do que sua mãe tanto queria, não iria chamá-los de Cosme e Damião. Possivelmente, acabariam se tornando mulherengos, seria até pecado batizá-los como os santos. Somente tinha pensado em um nome: Luiz Antônio Grimaldi Junior. *Gêmeos, meninos, gêmeos!* Como escolher qual deles herdaria o nome do pai? *Luiz Antônio Grimaldi Junior e Antônio Luiz Grimaldi Neto: bem-vindos!,* o marido resolveu. Pareceu-lhe justo: havia decidido o nome das três filhas. O avô paterno das crianças comemorou: *o pequeno Antônio Luiz, sem dúvidas, não irá concordar com as ideias desmioladas do pai, será do meu partido!* O marido retrucou: *então será rival do seu gêmeo, pois Luiz Antônio será meu sucessor!* A Senhora de Menezes Grimaldi nada disse. Era ainda muito nova, mas já havia descoberto que, apesar das farpas, entre aqueles Grimaldi só havia uma coisa distinta: a marca dos charutos que consumiam.

Há coisas que não nos avisam. Pisar na grama sem sapatos machuca os pés, a terra é cheia de sórdidos segredos e nos faz promessas não sinceras de bem-estar. Ela gostava daquela imagem: Helena com os pés descalços na grama, com o sol batendo no rosto, com sua expressão fingidamente aborrecida, eternamente jovem. Doíam os pés de Helena? Será que era fingimento ou Helena estava mesmo aborrecida? O que sabia sobre Helena, apesar de ela ter sempre estado ao seu lado? Quem havia lhe dado este nome nobre, grego? Será que Helena não se incomodava por não ter tido filhos? Como Helena podia gostar tanto daquelas crianças? Por que ela estava há tanto tempo naquela casa? Será que Helena sabia que ela se sentia tão infantil como qualquer um de seus filhos? *Por favor, Helena, me permita um pouco da sua eterna juventude. Assim eu me sentirei mais verdadeira com o mundo, saberão todos, desde o início, quem sou. Minhas ideias não combinam com estas mãos precocemente pesadas, com esta pele flácida. Confirme o que dizem os objetos: fale que nada de diferente aconteceu aqui. Vamos, Helena, reclame desta festa, diga que estas pessoas, que estes convidados não passam de uma gente sem educação. Vamos, Helena, obrigue-os a dançar! Faça isto se utilizando da raiva que você sentiu, no dia da festa de casamento do gêmeo. Você estava muito bonita, Helena. Eu comprei para você um vestido sofisticado, paguei o salão de beleza para que se sentisse bem, adequada. Mesmo assim, você disse que não iria: sabia que aquele não era o seu lugar. Eu insisti: você é a segunda mãe deste menino, precisa comparecer! Na verdade, era eu quem mais queria a sua companhia, tinha medo de enfrentar sozinha todos aqueles olhares. O gêmeo a ama muito, Helena! Você é nossa convidada especial! Contratamos garçons para que você não faça nada, para que possa se divertir. Na festa, algumas convidadas ficaram perplexas. Paciência, sabíamos que elas falariam do meu vestido azul-marinho, que especulariam sobre a verdadeira vocação do nosso menino e que achariam chocante a sua presença. Apenas não esperávamos que logo uma amiga minha, que sempre pareceu uma boa pessoa, pedisse para você trazer uma bebida da cozinha. É verdade que, segundos depois,* ela compreendeu o tamanho do mal-entendido, apresentou desculpas sinceras, mas foi infeliz novamente. Falou que tinha agido desta maneira por força do hábito. Você nada comentou, foi à copa, trouxe-lhe a maldita bebida. Imagino que, no final daquela noite, já no seu quarto, ao tirar o brinco da orelha, chorou. Nunca teve inveja de ninguém da nossa família, jamais fingiu ser quem não era. Suas lágrimas não foram exatamente por conta do pedido da madame, mas porque não foi espirituosa na resposta, porque não conseguiu ser fiel a si mesma, porque gostava de acreditar nas minhas esperanças. Você chorou porque partilhava da minha crença de que pequenas atitudes transformariam o mundo num lugar melhor. Chorou porque, a partir daquele momento, nada daquilo que eu lhe dizia parecia mais possível.

(Vamos, Helena, confirme o que falam os objetos! Diga que colocou as crianças para dormir, que estão todas nos seus respectivos quartos! Vamos, Helena, mande essa gente ir dançar! Onde você está, Helena? Por favor, apareça! Ninguém entende a minha dor, talvez você seja a única que a compreenda. Tire-me daqui, faça como na morte de Berna, me coloque na cama, fale que tudo foi apenas um sonho. Peço desculpas, mas preciso, assim como a madame do casamento, de uma bebida. Por favor, apareça, Helena!)

Da cozinha, Helena podia pressentir as súplicas silenciosas que a Senhora de Menezes Grimaldi lhe dirigia. Era somente doze anos mais velha que a patroa, mas a tinha como uma irmã caçula a quem devia lealdade e proteção. No entanto, desta vez, não havia como atender seu pleito. A dor também era sua e precisava escondê-la, não queria reivindicar o direito de padecer por aquilo, não queria lhes dar o gosto de vê-la sofrendo, não possuía forças o suficiente para formular qualquer afirmação irônica, caso fosse provocada. Além do mais, preferia ficar sozinha. Por que Deus as estava punindo daquela forma? A Senhora de Menezes Grimaldi tinha sua própria resposta: havia desrespeitado as leis da igreja, casou-se grávida. Já Helena acreditava que seu castigo se devia ao segredo que guardou por boa parte da sua vida.

Quando não se conta que pisar na grama sem sapatos pode machucar os pés, esta é uma omissão desinteressada, fruto de um esquecimento ou das múltiplas subjetividades que cabem nos indivíduos. Não se pode dizer o mesmo sobre o segredo de Helena. Quando ela foi trabalhar com o jovem casal Grimaldi, tinha vinte e sete anos, mas nunca havia durado mais de seis meses em qualquer serviço. Quando conheceu a Senhora de Menezes Grimaldi, na ocasião da entrevista de emprego, achou que jamais seria contratada. A patroa conhecia suas antigas empregadoras e, certamente, estas já deviam ter dado más informações sobre ela. Despediu-se da Senhora de Menezes Grimaldi sem qualquer esperança. Sim, sua situação era desesperadora: precisava ajudar a mãe doente. Como faria para sobreviver? Dias depois, foi chamada pela Senhora de Menezes Grimaldi. Em coisa de uma semana, a barriga dela tinha quase duplicado de tamanho, parecia que, a qualquer momento, iria estourar. Em menos de um mês, nasceu a primeira Maria.

Ao contrário do que imaginava, Helena foi contratada também por conta do seu temperamento. Sua segurança na fala encantou a Senhora de Menezes Grimaldi. Quando a Senhora Almeida, amiga de sua sogra, descreveu Helena como uma "atrevida que, apesar de cozinhar e limpar bem, não sabia qual era o seu lugar", a Senhora de Menezes Grimaldi teve certeza de que não conseguiria encontrar alguém melhor. Gostava de pessoas com atitude. Além do mais, precisava que cuidassem bem de sua casa, pois previa que a criança e o marido demandariam dela todo o seu tempo disponível.

A mãe de Helena morreu, quase um ano depois que ela se tornou empregada dos Grimaldi. No fatídico dia, Helena não cogitava comentar nada com sua avó paterna sobre o assunto, mas ela acabou lhe perguntando o motivo de estar tão calada. A reação da Senhora de Menezes Grimaldi, diante da notícia, tomou Helena de surpresa: duas pequenas lágrimas escorreram dos olhos da patroa e, em seguida, ela lhe deu um abraço. Sem dúvidas, aquele foi o dia mais estranho de sua vida. De repente, tinha perdido a mãe e reconhecido, na Senhora de Menezes Grimaldi, uma improvável amiga. Apesar da gratidão que sentia por aquela menina que havia a contratado, de certo modo, sempre a menosprezou tanto por conta da sua pouca idade quanto pela sua falta de conhecimentos domésticos. Ao ser envolvida por aqueles braços, Helena ficou desconfortável, não soube como proceder. Mas ainda que recusasse admitir para si mesma, sentiu-se comovida com o gesto de sua avó paterna. Pela primeira vez, percebeu que, apesar daquelas maneiras educadas e suaves em demasia, a Senhora de Menezes Grimaldi não era uma pessoa falsa. Muito pelo contrário: era uma alma de menina, pura como a da primeira Maria.

Tudo aconteceu antes de Helena completar dois meses naquela casa. O cheiro forte do álcool a despertou, mas não teve como gritar: uma mão tapava com violência sua boca. *Sempre gostei de mulheres como você, acredita?* Eram indescritíveis as dores que sentia. Mal conseguia se debater, tamanha a força com que ele segurava seu corpo. *Não finja que não me deseja, sua safada. Todo mundo quer subir na vida.*

Durante o banho, o nojo e o terror. Não podia pedir demissão: necessitava muito daquele dinheiro. E se denunciasse aquele monstro, nada aconteceria. Mas tinha certeza de que chegaria o momento em que conseguiria se vingar. Até lá, dormiria sempre com a porta trancada e faria de tudo para piorar a vida dele. Todos os dias, colocava sua escova de dentes na privada e despejava pequenas doses de laxante em sua bebida.

Desde o seu estupro, Helena nunca mais voltou a dormir uma noite inteira. É verdade que seu maior pavor foi durante o primeiro mês do incidente. Ansiosa, ela não conseguiu esperar a chegada da menstruação e resolveu tomar logo uma providência. Sangrou por quase quinze dias. Mesmo assim, sentiu muito alívio e o episódio lhe trouxe, além de culpa, uma força repentina. O fato é que o possível aborto de Helena a tornou uma mulher mais firme do que era, pois a fez perceber que poderia sobreviver a qualquer coisa. Ela já tinha decidido que, quando a mãe não precisasse mais dela, iria embora daquela casa. No entanto, a convivência com a Senhora de Menezes Grimaldi fez com que reconsiderasse sua posição. Aquela menina frágil precisava de sua ajuda. Mas, não, apesar de altruísta, este não foi o motivo preponderante para sua decisão. Com o abraço da Senhora de Menezes Grimaldi, Helena percebeu: a mulher do monstro era boa e jamais se vingaria, mesmo que ele também a destruísse. Portanto, cabia apenas a ela fazer justiça.

(Vamos, Helena, confirme o que falam os objetos! Diga que colocou as crianças para dormir, que estão todas nos seus respectivos quartos! Vamos, Helena, mande essa gente ir dançar! Onde você está, Helena? Por favor, apareça! Ninguém entende a minha dor, talvez você seja a única que a compreenda. Tire-me daqui, faça como na morte de Berna, coloque-me na cama, fale que tudo foi apenas um sonho. Peço desculpas, mas preciso, assim como a madame do casamento, de algo para tomar. Por favor, apareça, Helena!)

Era o ávido otimismo da Senhora de Menezes Grimaldi que fazia com que Helena tanto a admirasse. Apesar das traições recorrentes do marido, a patroa era dona de um magnífico romantismo, tinha o raro talento da fé. Mesmo assim, Helena, infelizmente, naquele dia, não poderia dizer o que sua avó tanto queria ouvir: o caixão da primeira Maria estava sendo velado na sala e, para não ser obrigada a guardar na memória esta última imagem de sua menina, preferiu não sair da cozinha.

(Vamos, Helena, confirme o que falam os objetos! Diga que colocou as crianças para dormir, que estão todas nos seus respectivos quartos!)

A morte súbita da primeira Maria fez com que a Senhora de Menezes Grimaldi perdesse seu senso de espaço, tempo e realidade. Retirou-se do presente, voltou a viver na época em que seus filhos eram pequenos. Passou a conversar com coisas e bichos. Todos os dias, brincava com suas crianças e, quando a noite chegava, colocava-as para dormir em seus respectivos quartos. Quase sempre, ao ver esta cena, Helena ficava comovida. Todas aquelas cinco bonecas tinham sido das três Marias.

Quinze anos. Já havia mesmo escutado minha mãe dizer que era assim: todas as mulheres morrem, pela primeira vez, aos quinze anos. Por isso, a valsa: o anúncio da primeira morte, do fim definitivo do corpo de menina.

Em geral, entre os vinte e trinta, há também outra dança. E como não existe valsa sem motivo, surge a segunda despedida: as noivas começam a dizer adeus à juventude, aos pais, à casa antiga.

São os homens que entregam, conduzem as mulheres para suas mortes. Amanhã completo quinze anos. Qual será a minha sorte?

Diferente de Herta, quase nada daquilo que tinha, trouxe ou tenho. Não que fosse um problema: qualquer coisa que me pertencia não era minha, já que eu não podia ser quem sou. E, ao contrário do que se acreditava, fugir na companhia de minha mãe era um plano, um anseio secreto, parte de uma raiva que se confunde com aquilo que entendo por mim. Naquele tempo, eu não gostava das minhas coisas, mesmo quando eu as escolhia e comprava. Nada do que era meu me trazia satisfação ou me permitia uma sensação de pertencimento, pois tudo o que eu queria era a chance de me tornar outra, de abandonar aquela casa. Minha mãe apenas facilitou este processo, ao tomar para si, a culpa por algo que eu ansiava. Durante madrugadas, escutei seu pranto abafado e confesso que sentia prazer com isso. Diferente de mim, tudo o que ela tinha era dela. Deixar muitos dos seus perfumes, revistas e vestidos era uma maneira de morrer, permitir à Lágrima uma parte de sua identidade, ser castigada com a realidade pelos seus devaneios. Mesmo tendo consciência disso, eu repito: sentia prazer com o seu sofrimento. Porque, intimamente, eu acreditava que ela havia renunciado a tudo aquilo por mim, sua filha, atitude que a transformava numa mãe de verdade, assim como as outras.

Da chegada na nova cidade e da época exata em que nos mudamos, pouco lembro. Infelizmente, na ocasião, não sentia a excitação que seria natural. Acreditava que a qualquer momento, minha mãe voltaria atrás, se arrependeria. Realmente, só compreendi que tudo havia mesmo mudado, quando meses depois, ela colocou, sobre o criado-mudo, alguns porta-retratos. Neles, nenhuma fotografia de Lágrima, minha avó ou minhas tias.

Há uma ordem, uma ordem de Deus cujo teor é conhecido por todos, mas que o momento preciso de sua realização permanece como um mistério. De repente, meu aspecto físico mudou de vez: se cortasse os cabelos de novo e vestisse roupas largas ninguém mais acreditaria que sou um menino. De repente, minha mãe deixou de ser uma mulher muito alta, não mais a temo, já tenho capacidade de encarar seus olhos, estou do seu tamanho. De repente, começo a responder sem receio às suas provocações e a lhe dizer desaforos. De repente, minha mãe se torna apenas uma mulher como todas as outras, não mais a vejo como alguém tão imponente. Encontro nela apenas vestígios daquela que foi. De repente, o que era uma mistura de admiração e medo, passa a ser rancor e um tanto de desprezo pela constatação de sua humanidade. Não sei dizer exatamente como tudo isso ocorreu, mas constato que as coisas realmente estão diferentes quando noto que os homens não me tratam mais como um ser esquisito. Sim, de repente, sem qualquer explicação, minha mãe passa a me respeitar e até a medir suas palavras, quando resolve falar comigo.

    Também de repente, as doenças me abandonam. Na luta pela sobrevivência, meu corpo vence as dores e se torna mais forte, expulsando qualquer mal que o ameace. Acontecerá o mesmo com as minhas lembranças. Minha mente as recusará e, por muito tempo, elas parecerão cenas soltas e distantes, sem significado. Com o passar dos dias, quase tudo do meu passado será relegado ao esquecimento: os pedidos para saber a identidade de meu pai, os cômodos do meu pequeno apartamento, as lágrimas pelas ações ofensivas de minha mãe... Lágrima, Lágrima também será cuidadosamente esquecida. Terei vergonha de contar para qualquer pessoa sobre a sua existência. Sentirei ódio, muito ódio dela. Com a ajuda dos romances que devorei, inventarei histórias sobre a minha vida. Meus novos colegas de escola, detentores da sagrada ignorância da juventude, não saberão nada a meu respeito e passarão a simpatizar comigo como alguém que gosta de um livro. Eu os preservarei de descobrir tão cedo como é o mundo e me preservarei dos seus olhares de compaixão. É por respeito a eles e ao que sinto que me tornarei um interessante personagem. Em alguns momentos, sentirei culpa e incômodo por não poder me revelar por inteiro, mas ganharei um pouco de segurança, ao perceber que nada do que conto é questionado. Direi para mim mesma que crio ficção e não apenas mentiras. A ideia de que posso, no futuro, me tornar escritora crescerá e, até os meus dezoito anos, será o meu maior objetivo. De maneira inversa, apesar de persistirem seus delírios de que serei uma grande atriz, minha mãe acabará abandonando sua própria busca pelo estrelato e, certo dia, sem mais nem menos, se tornará maquiadora de um salão do nosso bairro.

Se antes eu temia crescer por medo de morrer e, ao mesmo tempo, sentia horror de não sobreviver o suficiente para conhecer meu pai, agora tenho pressa de me tornar independente, de virar de vez mulher, de me livrar de minha mãe. Como ela profetizou, estou me tornando bonita. Aos quinze anos, sou invadida de vez pelo desejo de ir para festas, de experimentar coisas novas, meninos e meninas.

CAPÍTULO 7
UMA VALSA PARA O ESQUECIMENTO

Como não enlouquecer vendo as mesmas caras, dia após dia, por toda a vida? Como não perder a cabeça presenciando os mesmos acontecimentos, ano após ano? O que esperavam dela? Que aceitasse viver para sempre entre aqueles mortos-vivos? Como não enlouquecer depois do que aconteceu com sua filha e seus meninos?

Sempre achei o final da Senhora de Menezes Grimaldi bastante nobre. Enlouquecer foi a maneira que ela encontrou de resistir a tudo que lhe aconteceu. Além do mais, lembro-me que, nas histórias que escutava quando criança, os melhores reis eram os que, no final, perdiam a cabeça. É verdade que trato tudo isto de maneira um tanto romântica: sua avó paterna, no início, recusou com veemência as investidas da insanidade. Pensava que tinha que suportar sua dor por conta dos filhos: eles eram suas esperanças em carne viva. Mas o passar do tempo é mesmo o asilo dos sonhos. Depois da desgraça dos seus meninos, ela estendeu a mão, aceitou de vez o convite da loucura. Sei que, neste dia, usava um solitário de brilhante e estava trajada como uma rainha.

Se algum astrólogo deseja provar que seu ofício não é apenas superstição sofisticada, deve explicar como os gêmeos

Luiz Antônio Grimaldi Junior e Antônio Luiz Grimaldi Neto, nascidos no mesmo minuto, possuíam temperamentos tão distintos. Junior, além de gentil e comedido com as palavras, era dono do olhar penetrante, quase obsceno da mãe. Neto, que por causa de mais um dos absurdos da existência não foi Junior, tinha o carisma e o traquejo social do Senhor Luiz Antônio Grimaldi. Quando via os filhos brincando juntos, sua avó ficava assombrada com a relação dos dois, pois em nada se assemelhava com a que ela havia desenvolvido com o marido. De algum jeito mágico, os gêmeos estabeleceram uma dinâmica que funcionava com perfeição. Às vezes, sua avó se sentia muito bem com isso. Em outras, uma profunda tristeza tomava conta dela. Assim como ocorreu com suas filhas, também não havia sido convidada para frequentar aquele novo clube que foi fundado. Mesmo amando suas crianças, ela não deixava de sofrer por terem lhe designado somente o papel de observadora dos laços afetivos da própria família.

Luiz Antônio Grimaldi Junior e Antônio Luiz Grimaldi Neto: bem-vindos!, assim o Senhor Luiz Antônio Grimaldi recebeu os filhos. Mas se engana quem pensa que ele se sentia genuinamente feliz com o nascimento dos gêmeos. Suas exclamações, naquele dia, em nada se diferenciavam de todas as outras que ele proferia no seu cotidiano. De certo modo, sim, ele estava satisfeito por ter tido a competência de colocar, no mundo, duas crianças do sexo masculino. No entanto, se vivenciou alguma alegria no nascimento dos filhos, ela somente foi causada pelo alimento de sua vaidade. O Senhor Luiz Antônio Grimaldi não tinha determinados defeitos que são característicos de maus maridos: não era de modo algum sovina e jamais agrediu sua esposa fisicamente. Toda a sua violência se direcionava para a consecução dos seus objetivos. Pouco lhe importava se magoaria seus parentes ou eleitorado, era um conquistador, vivia do prazer de arrebatar qualquer pessoa que fosse. Gostava de desafiar o impossível e, ainda que quase sempre mal-intencionado, não se pode negar que ele empenhava suas energias para a construção de coisas novas, era um empreendedor nato. Pode-se dizer que mesmo as mentiras do Senhor Luiz Antônio Grimaldi eram calculadamente articuladas e que isto, de certo modo, acabava fazendo parecer que ele tinha algum respeito por suas vítimas. Jamais se apoderou de algo ou de alguém prescindindo do ritual de encantamento, a execução dos seus planos lhe permitia mais prazer do que o resultado positivo da operação. Nada fácil lhe era atraente. Por mais absurdo que possa soar, este tipo de cuidado do Senhor Luiz Antônio Grimaldi fazia com que a maioria das pessoas ignorassem o quanto ele era cínico. Muitos seres humanos são tão carentes que entregam felizes todo o seu ouro, se tratados com o mínimo de atenção. Sendo o Senhor Luiz Antônio Grimaldi um homem tão cheio de si, era de se esperar que ele amasse os gêmeos de forma absoluta, pois, ao menos esteticamente, os dois eram suas réplicas, suas miniaturas. No entanto, justo o contrário aconteceu.

Em geral, seres autoritários não têm capacidade de apreciar a beleza da renovação da vida. Deste modo, somente um lunático ou desavisado, acreditaria que o Senhor Luiz Antônio Grimaldi aceitaria a ideia de ser, algum dia, substituído pelos filhos. Nunca tendo ele consentido a despedida da juventude, ver o reflexo de quem foi, naqueles dois pequenos humanos, lhe gerava uma revolta imensa. Por mais que desejasse, jamais conseguiria descumprir as leis naturais, não há esperteza no universo que habilite alguém a isto. Estava envelhecendo. Alguma hora, perderia sua virilidade e, consequentemente, seu poder. Esta realidade o enfurecia. Não era generoso o suficiente para se dedicar a criar sucessores: nunca, ninguém, nem mesmo um filho seu, estava a sua altura. Com o correr dos anos, passou a odiar os gêmeos de tal forma que, sob o pretexto de que era preciso educá-los, passou a persegui-los e achacá-los.

Luiz Antônio Grimaldi Junior era desprezado, principalmente, pelo fato de ser muito tímido. Ao descobrir que o filho que carregava seu nome sofria de gagueira e adoecia com frequência, o Senhor Luiz Antônio Grimaldi não hesitou em demonstrar o quanto se sentia envergonhado por ser pai daquele menino. Ao contrário de como se portava com as três Marias e com a esposa, pessoas a quem apenas dirigia indiferença, o Senhor Luiz Antônio Grimaldi, nos raros momentos em que estava em casa, tinha como esporte favorito insultar os filhos. Junior era sempre chamado de cagão e imprestável. Neto, que apesar de dotado de carisma e charme social, possuía sérias dificuldades nos estudos, foi apelidado de burro. A Senhora de Menezes Grimaldi ficava horrorizada com a postura do marido, mas não o enfrentava porque ele dizia que era sua tarefa transformar os gêmeos em homens de verdade. Segundo ele, a educação que ela pretendia dar, aos meninos, apenas os transformaria num par de maricas. Não se pode negar: sua avó não foi enérgica o suficiente, não defendeu os filhos da ira paterna. Mas tente compreender sua posição: ela não tinha maturidade suficiente para perceber as motivações obscuras do marido. Como você já deve ter descoberto, conhecer o íntimo de qualquer pessoa é complicado, imagine o quão complexo é aceitar que um pai não ama seus próprios filhos. Além do mais, o Senhor José de Menezes, seu bisavô, também tinha sido bastante rígido na sua criação, só que esta característica nunca fez com que ela pensasse que ele a detestava. Naquele tempo, crianças não eram vistas como merecedoras de consideração e apenas lhes cabia obedecer a ordens. Neto, quando humilhado pelo pai, reagia com virulência e, normalmente, apanhava. Junior permanecia calado. Não, não existia nenhuma atitude por parte dos meninos que pudesse salvá-los daquele suplício.

Talvez o segredo para a constituição de uma família com irmãos unidos seja a negligência e a discórdia dos seus responsáveis. Ao menos, esta explicação parece servir para a história dos Grimaldi. Acostumadas com a impaciência da mãe e com a distância do pai, as três Marias passaram a se proteger mutuamente. Algo muito semelhante ocorreu com os garotos: Neto, o mais voluntarioso, cuidava de impedir que o irmão apanhasse dos outros garotos. Junior, o mais inteligente, no final do ano, se incumbia de fazer as provas escolares do seu gêmeo.

O que significa educar um filho? Permitir as habilidades necessárias para que ele possa viver em sociedade? Deve um pai, ao descobrir que sua criança sofre por não corresponder aos anseios coletivos, tentar modificá-la? Mesmo que isto signifique destruir seu espírito original?

Helena, constantemente, ao seu modo, refletia sobre tais questões. Não queria cometer o mesmo erro da época de Berna. Sentia-se muito culpada: ninguém falava sobre o assunto, mas ela percebia que a Senhora de Menezes Grimaldi, desde a descoberta da traição do marido, andava entusiasmada demais com a bebida. Se insinuasse para a patroa o que poderia acontecer com um dos meninos, será que conseguiria, desta vez, impedir uma nova tragédia? O quanto o homem é capaz de vencer a natureza? Graças aos deuses, o Senhor Luiz Antônio Grimaldi ainda não tinha se dado conta do problema e sua esposa permanecia alheia, imersa nas suas próprias fantasias. Mas os indícios estavam todos ali, era impossível não cogitar. Certo dia, respeitando a religião daquela família, Helena levou todas as cinco crianças para se benzerem na igreja. Não sabia qual era a melhor atitude a ser tomada, mas tinha consciência de que aqueles meninos ainda enfrentariam muitas coisas e que era preciso que permanecessem unidos.

Meses antes de os gêmeos completarem treze anos, uma grande festa foi oferecida pelo Senhor Luiz Antônio Grimaldi. Quando questionado pela esposa sobre o motivo da comemoração, ele apenas disse que precisava retribuir alguns favores que tinha recebido de amigos. Como de costume, sua avó se esforçou para receber os convidados da melhor forma. De maneira geral, eles eram os mesmos de sempre: políticos, artistas e pessoas da sociedade. Portanto, aparentemente, em nada se justificava a peculiar estranheza que ela sentia.

Todos nós, alguma vez na vida, cometemos ou cometeremos um ato do qual nos envergonhamos ou iremos nos envergonhar. Se perguntassem para Helena do que se arrependia, certamente, ela discorreria sobre o fato de ter implicado sem razão com a prima que cuidou de sua mãe, nos últimos anos de vida. A Senhora de Menezes Grimaldi responderia que sentia vergonha de não ter perdoado de verdade o pai. Sim, algum dia, todos nós cometemos ou cometeremos um ato do qual nos envergonhamos ou iremos nos envergonhar. No entanto, caso questionado sobre o assunto, se desejasse ser sincero, o Senhor Luiz Antônio Grimaldi teria que permanecer calado. Mais uma vez, fugia à regra: apesar de todo o mal que cometeu, até a data de sua morte, nunca se arrependeu de nada do que fez.

Desde a segunda guerra mundial, os alemães passaram a carregar nas costas o peso do seu passado nazista. Certo dia, já sabendo do caso do Senhor Luiz Antônio Grimaldi com Berna, sua avó paterna se recordou de um comentário que, na infância, escutou o Senhor José de Menezes pronunciar. Acabou chegando à conclusão: não, ele não tinha razão, era impossível prever, apenas com base na nacionalidade de Berna, que ela se tornaria uma traidora. Ainda que seja natural que julguemos as pessoas por motivos superficiais, não podemos conceder a condição de sentença definitiva para estas leituras primárias. Até porque, não gostaríamos que conosco fosse desta maneira. Sem dúvidas, Berna era uma mulher sem escrúpulos. Mas isto, em nada, se relacionava com sua origem.

Na festa, tudo ocorreu como o previsto: entre ferozes críticas ao regime que se instaurara, fofocas foram reproduzidas. Já de madrugada, enquanto se preparava para dormir, sua avó se convenceu de que a leve estranheza que sentia não tinha o menor sentido. Praticamente, tudo havia acontecido como de costume. Se algo incomum ocorreu, foi apenas o inusitado interesse do Senhor Luiz Antônio Grimaldi pelos detalhes do jantar. Com antecedência e de forma muito gentil, ele se propôs a ajudar a esposa na escolha dos pratos e bebidas que seriam servidos.

Cinco semanas após aquela noite, sua avó descobriria sobre o caso do seu marido com Berna. Mas não somente isto aconteceria. Muitos dos convidados daquela festa, em especial, políticos de oposição e artistas, tempos depois, morreriam ou desapareceriam. A palavra comunismo também seria banida para sempre do dicionário do Senhor Luiz Antônio Grimaldi. Consequentemente, por conta de suas novas escolhas, ele seria nomeado governador e trocaria de partido e amigos.

Na parede da estação de metrô, dou de cara com um anúncio contendo uma fotografia minha. Eu o mostro para minha mãe com sarcasmo, pergunto se está satisfeita, virei famosa, não era isso que ela tanto queria? No mesmo instante, ela desmaia. Na minha foto, uma palavra: Sequestrada.

Porque a escola nova é fácil demais para mim, porque não encontro mais Clarice, Marguerite e Aglaja, porque moro num lugar perigoso e não tenho dinheiro para sair, porque necessito me livrar do tédio que me domina, começo a executar meu plano de escrever um livro.
Como os escritores conseguem publicar seus trabalhos? Pergunto para meus professores se eles já conheceram algum autor de verdade, quero saber se eles poderiam me ajudar com a minha história. Nenhum deles parece ter uma resposta animadora, um até zomba de mim. Diz que, no país em que vivemos, publicar é impossível. Durante anos, mando meus originais para as editoras, escrevo cartas me apresentando, mas nunca recebo nada de volta, nem mesmo uma negativa. Como não quero que nenhum dos meus colegas descubra esse meu lado; como na única vez em que fui à biblioteca da nova escola, apenas encontrei livros estragados e uma mulher bastante antipática; acabo sendo vencida pelo descontentamento. Fico deprimida. Passo a acreditar que só mesmo o amor de um homem poderá me salvar.

A roupa não cai bem em mim. Aliás, nenhuma deste tipo nunca ficará boa em meu corpo. Da mesma forma que acontecia com Lágrima, elas sempre parecerão que foram feitas para outra pessoa. Esta, em especial, zomba do meu quadril, insistirá em deixar claro que o fato de eu estar enfiada nela é uma ironia. Isto, contraditoriamente, tanto me incomodará quanto me permitirá um certo alívio, pois acabará me lembrando que este emprego é temporário, que eu jamais me acomodarei nele, pois apenas o aceitei para ganhar uns trocados. O uniforme que visto, no dia em que conheço o homem que amo, está propositalmente justo e permite o efeito que meus patrões desejaram. Na entrevista de emprego, antes de me dizer que fui admitida, o gerente pergunta sobre os meus planos para o futuro. Para fugir da resposta verdadeira, já que tenho que parecer normal, digo que meu sonho é ser atriz. Vejo nascer no seu rosto um sorriso de canto de boca, quase consigo ler seu pensamento. Na sua opinião, não passo de mais uma dessas garotas tolas que, muito em breve, terão que se acostumar com as limitações que a vida de mulher pobre trará.

Dezoito anos. É com essa idade que, após ser empurrada por uma criança e rolar escada abaixo, acabo conhecendo o homem que amo.

Minutos depois de ter sido socorrida por ele, minutos depois de ter encaixado minha mão na sua, eu o verei ir embora do bar com uma mulher alta e elegante. Ela estará com um vestido vermelho e eu me desesperarei, pois a acharei muito parecida com minha mãe, nos seus tempos áureos. Imediatamente após a saída deles, minhas colegas de trabalho se aproximarão, me perguntarão como estou me sentindo, comentarão que ele é um cliente conhecido, repetirão que ele só vive cercado de garotas lindas e que é muito rico. Logo após o interrogatório, ao perceberem meu encantamento, comentarão que jamais conseguirei conquistá-lo, pois para gente do nosso tipo, ele é simplesmente inacessível.

CAPÍTULO 8
UMA VALSA PARA O ESQUECIMENTO

Quando tinha doze anos, com lágrimas nos olhos, Junior implorou: *Lena, por favor, me ajude. Não sei o que Deus me reserva, mas não consigo mais viver assim.* Lena. Assim as três Marias e os gêmeos se dirigiam a ela. Lena. Como poderia imaginar que os amaria tanto? Como poderia imaginar que os filhos daquele monstro acabariam se tornando quase seus também? O que eles pensariam se descobrissem que poderiam ter tido um meio irmão, um meio irmão filho dela? Será que o aceitariam? Diante dos olhos daquele menino, naquela madrugada estranha, percebeu que já estava na hora de voltar a pensar na execução do seu antigo plano. Lena. Todo medo que sentia se transformava em desespero, ao ouvir seu apelido ser pronunciado por aquela criança. O amor nos coloca num lugar de cuidado com o outro que nem sempre é possível suportar. E, sim, ela precisava dizer a verdade: também não lhe parecia fácil compreender aquilo. Mas necessitava agir de maneira rápida. Trancou a porta com medo que o Senhor Luiz Antônio Grimaldi acordasse e destruísse de vez o menino. Em seguida, tirou a roupa que estava nele, lhe deu um pijama e o colocou para dormir. Não, se antes já era insone, depois daquilo tudo, era impossível cogitar ir para a cama. Também não sabia o que Deus reservava para ela, mas era certo que, assim como Junior, também não conseguiria continuar daquele jeito por muito tempo.

Mulheres solteiras faziam ponto no velório. As mães tinham incentivado: onde mais, já com trinta anos, encontrariam bons partidos? Toda a cidade estaria presente. *Quem sabe algo desta vida? A sorte pode se apresentar, mesmo numa situação imprevisível!* Sim, os ponteiros do relógio, impiedosos, narravam: urgentemente, tinham que encontrar um modo de achar um marido, de abrir o vestido.

A Senhora de Menezes Grimaldi parecia estupefata. Nem triste ou melancólica, apenas estupefata. Primeiro a filha, agora o neto e a nora. É, Deus realmente castigava. Isabela também tinha se casado grávida, não existia outra explicação plausível. No canto da sala, um gato. Na parede, um crucifixo. Naquela manhã, havia tomado uma garrafa de vodca e as Marias que sobraram tiveram que segurá-la pelo braço. Helena permanecia com a mesma expressão de sempre: aborrecida. O Senhor Luiz Antônio Grimaldi havia adotado um ar sério. Na ponta do caixão, Junior parecia chocado e retraído. Neto, ao contrário, chorava muito. Estava desolado com o que tinha acontecido.

A Senhora de Menezes Grimaldi nunca tratou seus meninos de maneira desigual. Sempre se esforçou para ser justa e nunca favoreceu nenhum deles, em detrimento do outro, por qualquer coisa que fosse. No entanto, isto não significa que ela não possuísse um filho favorito. Ainda que jamais tenha assumido, seus olhos brilhavam de forma diferente quando ela falava de Neto. Apesar de dar mais trabalho que Junior, ele era muito engraçado e, ao contrário do Senhor Luiz Antônio Grimaldi, se mostrava bastante carinhoso com a família. Não que Junior também não tivesse suas qualidades. Sem dúvidas, era uma criança bastante calma e pacífica. No entanto, faltava-lhe a graça e presença de espírito do seu gêmeo. Junior, em quase todas as ocasiões, parecia preocupado. Ninguém sabia o que se passava dentro dele, nem mesmo o irmão. Ainda que fossem bastante cúmplices e que se ajudassem mutuamente, os meninos não eram íntimos. É verdade que grande parte da beleza da relação dos dois consistia neste respeito que um tinha pela individualidade do outro. Mas isto não significa que possuíssem grandes afinidades e que, não fossem as circunstâncias, eles chegassem a se tornar amigos. Sempre que sua avó comentava sobre o futuro dos dois, notava-se que ela projetava Neto como o verdadeiro sucessor do pai. Nestas ocasiões, apenas Helena percebia o quanto Junior, ao mesmo tempo, sofria e ficava aliviado com isso.

Naquela cidade onde moravam, naquela cidade de velhos, os Grimaldi foram um dos primeiros casais a ter uma televisão em casa. O Senhor Luiz Antônio acreditava que isto significava *status* e lhe conferia um inevitável ar de contemporaneidade. Portanto, nada mais natural que ele, com o único objetivo de se exibir, mas se utilizando da desculpa de que desejava permitir diversão aos amigos, costumasse convidá-los para que comparecessem a sua residência. Diversas reuniões foram realizadas na mansão dos Grimaldi sob este pretexto. Inicialmente, a mãe de sua avó paterna se mostrou muito reticente em relação àquela coisa tão revolucionária. A Senhora Clarita de Menezes tinha receio de que seus netos acabassem influenciados pelo que assistiam. No entanto, esta sua preocupação nunca foi levada a sério pelo jovem casal Grimaldi. Para eles, estas objeções de sua bisavó eram frutos do seu pensamento atrasado e arcaico, coisa de gente ignorante que desconhece a importância dos avanços da tecnologia.

Tanto as três Marias quanto os gêmeos cresceram habituados com a presença daquele objeto em suas vidas. Na mansão dos Grimaldi, não havia restrições quanto ao uso do televisor. Por terem pais supostamente modernos, as crianças, desde pequenas, podiam assistir ao que lhes fosse conveniente. Sorte de Junior. Sempre que importunado pela mãe com divagações sobre o seu futuro, ele fugia para aquele universo paralelo, onde as pessoas possuíam belas vozes e grandes histórias aconteciam.

Pode parecer algo que só existe em ficção, mas a realidade é que ambos os gêmeos, aos dezessete anos, sem que trocassem uma palavra sobre o assunto, se deram conta do que queriam fazer pelo resto de suas vidas. Não, eles não aceitariam mais conviver com aquelas pessoas que frequentavam a sala de jantar de sua casa e que só estavam preocupadas em enriquecer, comer e beber. Não, eles não suportariam mais as agressões e humilhações que lhes eram impostas pelo pai. Se a mãe não os defendia, se preferia se calar diante das atitudes do marido, eles mesmos teriam que tomar uma providência. Não há castigo pior do que viver com medo, nada podia ser mais horrível do que aquela revolta que sentiam. Como se estivesse realizando uma profecia, Neto resolveu: ele se tornaria político, assim como sua mãe desejava. Mas iria ser bem diferente de seu pai: na verdade, se tornaria seu maior opositor, lutaria bravamente contra seu regime. Claro, seria seu sucessor, pois o derrubaria, o denunciaria, ocuparia sua cadeira, seu lugar. Já Junior, aceitou seu destino com o peso de alguém que se descobre injustamente condenado e que é obrigado a cumprir uma sentença. Não tinha mais como negar: tudo o que queria era aparecer na televisão, atuar naqueles enredos, cantar nos festivais. Pela primeira vez, conseguiu pronunciar a frase proibida: encontraria um jeito, ninguém iria impedi-lo de se tornar artista.

Se Junior sofria por não corresponder aos sonhos de sua mãe, Neto não se importava. Os gêmeos lidavam de formas bem diferentes com a recente clareza pessoal que tomou conta deles. Não lhes seria possível negar suas próprias naturezas, no entanto, cada um adotou princípios de ação distintos. Neto passou a manter contato com estudantes que se opunham ao sistema vigente, começou a frequentar reuniões, prometeu colaborar com os planos, ganhou o codinome de Iscariotes. Junior optou por fingir que seguia à risca aquilo que tinham decidido para sua vida. Enquanto estivesse aperfeiçoando suas habilidades, tentaria ganhar algum dinheiro fazendo algo que fosse considerado respeitável por sua família. Assim, apenas quando não pudessem mais detê-lo, se revelaria.

Foi logo no início da faculdade de medicina que Junior conheceu Isabela. Não poderia haver um nome mais apropriado para aquela mulher que estava ao seu lado. Os pais dela tinham sido bastante audaciosos: fosse a filha sem beleza, desde o nascimento, seria obrigada a viver sob a égide de uma ironia. Mas, belíssima, assim era Isabela. Por conta do seu comportamento descolado, parecia impossível para Junior que ela fosse nativa daquela cidade. Sendo aquele lugar tão provinciano, lhe soava esquisito que uma mulher tão linda tivesse passado despercebida. Aliás, desde o momento que seus olhos a descobriram, não conseguiu parar de pensar nela. Há algo que não se pode deixar de comentar sobre a personalidade de Junior: do mesmo jeito que seu pai e seu irmão, ele também achava que tudo seu tinha que ser o mais bonito. Sabia que era inadequado admitir, mas tinha especial asco de mulheres horrorosas, ficava ofendido quando alguma se oferecia para ele. Nestas ocasiões, pensava: *será que ela nunca ouviu falar de espelho? Não percebe os limites de suas possibilidades físicas?* Junior, antes de qualquer coisa, era um esteta, artista. Após ver Isabela assinar a lista de presença, descobriu seu nome e um novo objetivo de vida.

Nos dias que se seguiram ao primeiro encontro, Junior não encontrou qualquer oportunidade para puxar assunto com Isabela. Sempre muito tímido, causava-lhe calafrios a ideia de ser rejeitado. Eis mais uma coisa que ele puxou da Senhora de Menezes Grimaldi: por conta de sua origem e inteligência, ele também se sentia de algum modo melhor que os outros. Comungava da sensação de superioridade da mãe, ainda que fosse profundamente inseguro. Nos intervalos, fingia estar sempre esperando alguém para que não parecesse isolado, sozinho. Tinha dezoito anos e nenhum amigo.

A oportunidade de falar com Isabela surgiu sem que ele precisasse converter qualquer dos seus planos em realidade. De repente, num dia como qualquer outro, entre sorrisos, ela se aproximou e disse: *prazer, sou amiga da Teresa. Vi vocês dois juntos, ontem, na festa da Mara.* Durante segundos, as palavras que compunham esta frase não saíram de sua cabeça: Teresa? Juntos? Ontem? Festa? Do que ela estava falando? Seria esta sua afirmação algum tipo de brincadeira? Será que também, durante os últimos meses, ela havia treinado esta desculpa para se aproximar dele? O que poderia responder sem lhe causar constrangimento? *Acho que você está me confundindo com Neto, meu irmão gêmeo,* foi o que conseguiu dizer, num raro episódio de charme. Isabela sorriu, impressionada. Realmente, os rapazes eram idênticos! Como se não bastasse, possuíam ainda o mesmo nome! *Não,* Junior corrigiu. *Sou Luiz Antônio Grimaldi Junior* e meu irmão é Antônio Luiz Grimaldi Neto. Isabela parecia não acreditar no que escutava. Neste dia, conversaram tanto que até perderam o horário da aula.

Sempre aos domingos, a Senhora Clarita de Menezes levava os netos à igreja. Até os treze anos, os gêmeos acompanharam a avó, apesar de não gostarem do programa. Assim como as três Marias, eles achavam insuportável serem obrigados a escutar, durante quase uma hora, aqueles sermões rebuscados. Afinal, por que deviam carregar uma cruz nas costas? Quem disse que eles queriam que alguém morresse para lhes dar suas vidas? Neto, certa vez, envergonhando sua bisavó publicamente, com os olhos mirando os do padre, foi ainda mais inquisitivo: *O que deve ser considerado pecado? Existe, em algum lugar, uma lista dispondo sobre isso?* Ao escutar estas indagações, a Senhora Clarita de Menezes, prontamente, respondeu: *Pecado é aquilo que se mostra contra a lei de Deus. A partir da leitura da Bíblia, descobrimos tudo o que não podemos fazer, tudo aquilo que, aos olhos do nosso criador, é errado.* Em seguida, como punição à ousadia de Neto, fez com que todas as cinco crianças decorassem os dez mandamentos.

Obviamente, os meninos não guardaram em suas mentes tudo que leram. Sem dúvidas, era difícil para eles relembrarem de maneira exata as palavras que compunham tais afirmações. No entanto, algumas daquelas mensagens ficaram marcadas em seus espíritos. Não, Neto pensou, não, ele não conseguiria prolongar seus dias na terra. Porque, simplesmente, nunca seria capaz de honrar aquele pai tão terrível.

Não cobiçarás a mulher do teu próximo, este era o último dos dez mandamentos. Infelizmente, este Neto também acabaria desobedecendo.

Aos dezesseis anos, sou convidada para um aniversário de uma colega. Durante dias, procuro, entre meus trapos, algum que seja menos ridículo. Minha mãe diz que não podemos nos dar ao luxo de comprar roupas novas. Para aborrecê-la, falo que vou procurar Lágrima. No entanto, me arrependo, na hora, deste comentário. Enquanto escuta meus desaforos, minha mãe cai no chão, após perder toda a cor do rosto.

Se é o amor que irá me salvar, para que ele apareça logo, dou início ao meu processo destrutivo. O que uma menina de dezesseis anos, sem valsa ou livros, faz com as mãos, na festa de debutante de uma colega que tem um pai normal e amigos?

Vários garotos me cobiçam, mas, no momento, o menino de camiseta de rock é a melhor opção que se apresenta. Sei que ele não é grande coisa, tenho consciência de que não passará de mais um destes que, no futuro, vestirão uma camisa social e trabalhará como um burro de carga para algum homem de negócios. No entanto, de certo modo, me comove a sua ideia ingênua de que está contra todo o sistema porque, nesta festa de quinze anos, ao contrário dos outros rapazes de sua idade, não colocou um terno. Penso que, se minha mãe o conhecesse, o insultaria com nomes como "pobrinho" e "sem nível". Intimamente, dou risada disso.

O menino-rock se aproxima de mim com uma conversa maluca, seu discurso é desconectado, ele fala qualquer coisa sobre a relação entre praias e poesia. Eu contenho o meu impulso de gargalhar. Mal ele imagina o quanto eu estou achando-o péssimo. No entanto, como apesar de todo o meu esforço, nunca aprendi a ser realmente má com os outros, não digo nada. Imagino que devam existir garotas que supõem românticas estas cafonices e, possivelmente, algum dia, ele conseguirá algo com isto. Já descobri que qualquer coisa neste mundo pode acontecer, não tenho o direito de duvidar de mais nada. Depois da primeira conversa sem noção, ele comenta que pretende fazer faculdade de artes. Eu fico com mais pena ainda dele, tenho vontade de lhe contar sobre a luta de minha mãe para que nos tornássemos atrizes e o número de negativas que fomos obrigadas a ouvir. Mas, novamente, como não fui aprovada no vestibular para gente desprezível, permaneço calada. Sei que não faz sentido destruir, em plena festa de debutantes, o sonho de ninguém.

Meses antes, eu havia tentado perder minha virgindade com um colega de classe. Meu plano parecia perfeito: numa tarde em que minha mãe estivesse trabalhando no salão, eu o convidaria para ir estudar na minha casa. Por pensar saber a intensidade do sentimento que o garoto nutria por mim, calculei que ele nada faria para me prejudicar, ou melhor, achei que ele não sairia espalhando aos quatro ventos o que tinha acontecido entre a gente. Algo assim já tinha meio que dado certo com a filha da vizinha. Eu percebia que ela me olhava de forma diferente e, num fim de tarde, resolvi convidá-la para me encontrar. Afinal de contas, eu a achava bonita e não custava nada entender como o sexo entre mulheres operava. Vendo-a nua, percebendo a delicadeza com que ela me tocava e as palavras de amor que me dizia, na mesma hora, entendi o equívoco que tinha cometido. Não era este tipo de afeto que eu ansiava. Com o menino apaixonado foi justamente o contrário: a dor que senti foi tão terrível que não conseguimos concretizar o ato. Diferente de tudo que eu podia supor, ele ficou extremamente aborrecido, colocou a culpa do nosso fracasso em mim, jamais voltou a olhar para minha cara. Fora isso, contou para os outros uma versão completamente distorcida do ocorrido. Não que eu tenha exatamente sofrido por causa do fim do nosso breve namoro, mas fiquei um tanto estarrecida ao constatar, mais uma vez, que não era capaz de imaginar o quão vis as pessoas podem ser.

Quando eu tinha doze anos, pensava que iria transar com o menino do rosto indefinido. Nos meus sonhos, isto acontecia na noite da minha formatura do colégio. Segundo o meu plano romântico, ele tapava os meus olhos com as mãos e depois me levava para a beira do lago em que ficamos juntos no passeio. Depois de escutar que ele me amava, apreciávamos a beleza da noite e, no fim de tudo, eu olhava para o lado e descobria uma caixinha. Nós nos casaríamos, teríamos três filhos e, obviamente, viraríamos escritores conhecidos.

O que uma menina de dezesseis anos, sem valsa ou livros, faz com as mãos, na festa de debutante de uma colega que tem um pai normal e amigos? Morrendo de inveja, vai embora mais cedo, experimenta drogas e faz sexo com uma camisa do Sex Pistols.

Eu esperarei obsessivamente o retorno dele, o retorno do homem que amo. Durante meses, após nosso primeiro contato, vigiarei a porta do bar. Cada giro na maçaneta, uma nova expectativa frustrada. Eu me recusarei até a tirar minhas folgas semanais, temerei que ele apareça na minha ausência. Quanto mais eu odiar o meu trabalho, quanto mais eu detestar as outras garçonetes, quanto mais abominar as piadas grosseiras de determinados clientes, mais eu pensarei nele, mais a lembrança do nosso primeiro encontro se mitificará, mais temerei danificá-la pelo seu uso excessivo, por tanto recordá-la. Equipararei esta lembrança a uma joia, portanto, terei receio de que ela, de tanto polida por mim, acabe arranhada. Tomada por angústia, para não estragar minha recordação-talismã, a guardarei no meu cofre mais íntimo. Para também não ter que deixar de pensar nele, encontrarei uma alternativa: imaginarei encontros e sonharei futuros. Passarei a visualizar os detalhes do nosso romance, começarei a acreditar em simpatias, coincidências e coisas do tipo. Envolvida numa atmosfera romântica, acharei que palavra de criança é profecia. Tempos depois, quando encontrar novamente o garoto-endiabrado-anjo-cupido no bar, perguntarei para ele quando tudo que planejo, virará presente. O garoto-endiabrado-anjo-cupido olhará espantado para mim, nada me responderá, se lembrará da bronca que tomou da mãe na outra vez, sairá correndo com medo. Sim, eu mesma ainda não consigo acreditar: minutos depois disto, o homem que amo surge na minha frente, acompanhado de uma mulher, cuja beleza é tão grande que não cabe em nenhum espelho.

Por sorte, sou designada a atender os dois. Enquanto caminho em direção à mesa, acabo também obrigada a escutar as zombarias das minhas colegas de serviço. Já diante dele, enquanto lhe ofereço a carta de vinhos, observo com mais atenção seu rosto. *Perfeito*, constato, *ele é perfeito*. A mulher, cuja beleza é tão grande que não cabe em nenhum espelho, se mostra bastante gentil, não me considera, em absoluto, uma ameaça. Não a culpo, este uniforme não me favorece. Fora isso, ela é uma jovem mulher adulta, deve ter mais ou menos a idade dele. Possivelmente, em sua opinião, sou só uma menina. Percebo que também está apaixonada. Descubro isso porque sei que a água que ela diz querer é apenas uma desculpa. Na verdade, ela deseja que ele escolha a bebida. Age assim porque dependendo do pedido, poderá medir o quanto ele está interessado nela. Segundos de agonia tomam conta de nós duas, por fim, o veredicto: *Uma cerveja, por favor*. Respiro fundo, aliviada. Nada de vinho.

CAPÍTULO 9
UMA VALSA PARA O ESQUECIMENTO

Junior sentia raiva de tudo, desde pequeno. Raiva das irmãs por não o adorarem como deveriam. Raiva da mãe por parecer que ela o amava por obrigação, apenas porque ele tinha seu sangue. Raiva também por ela não o conhecer de verdade e por não se esforçar para que isto acontecesse. Raiva do pai por ele o humilhar cotidianamente, raiva por possuir o nome deste homem detestável e por ter sido concebido para perpetuar sua loucura. Raiva do irmão por fazer com que todas as atenções sempre se voltassem para ele. Raiva por ter sido o primeiro a nascer e por, constantemente, ser tratado como o gêmeo secundário. Raiva da avó e de suas ridículas pretensões messiânicas. Raiva de Helena por ela não ter lhe dito o que ele mais queria escutar, na hora que mais precisou. Raiva daquelas suas roupas horríveis, falsas, mentirosas. Raiva de tudo que era seu. Raiva de ver, em todas as manhãs, seu nome gravado na lista de presença da faculdade de medicina. Raiva por não saber como e quando iria começar a ter uma vida honesta, raiva de todos aqueles que tinham coragem de sobreviver sendo quem eram. Por alguma razão que não lhe era compreensível, ele não era dessas pessoas que alcançavam seus objetivos de maneira fácil, sempre acabava compelido a dar a cara para bater, sempre era obrigado a sofrer para que lhe fosse concedido qualquer benefício. Raiva por ter nascido naquela cidade de velhos, naquele lugar onde as pessoas pareciam eternamente iguais e felizes, mesmo quando a desgraça lhes fazia companhia. Raiva por ser um forasteiro, naquele lugar, naquele mundo, naquele corpo tão parecido com o de seu pai. Raiva por viver como um intruso naquela família. Diariamente, constatava: *estou desfigurado, este que enxergam não sou eu, será que os outros também não percebem isto?* Sentia-se exatamente como uma estrofe de um poema de W. S. Merwin, algo que leu como citação em outro livro: *sim, era mesmo um homem pobre morando na casa de um homem rico.*

Lembrava-se com detalhes do dia. Tinham completado treze anos há menos de uma semana. Algo no universo poderia ser mais doentio? *Não privilegio nenhum dos meus filhos,* o Senhor Luiz Antônio Grimaldi não parava de repetir, enquanto dezenas de risadas ressoavam pelo lugar. Até Neto, que também odiava aquele homem, parecia achar graça do espetáculo. *Não sou um excelente pai? Olhem os presentes importados que estou dando para estes dois imprestáveis!* O Senhor Luiz Antônio Grimaldi tinha levado três colegas e eles não paravam de dizer que aquela havia sido a melhor "festa de aniversário" que já foram convidados. É tudo por minha conta hoje! As duas mulheres vestiam lingeries iguais e pareciam orgulhosas por serem as escolhidas para aquela tarefa. *Não privilegio nenhum dos meus filhos! Arrumei gêmeas idênticas para que nenhum deles se sentisse preterido!* No colo do pai, uma outra menina, com fartos e longos cabelos, tentava esconder sua inveja. Devia, no máximo, ser três anos mais velha que os garotos. E, obviamente, lhe parecia mais fácil e agradável ir para a cama com algum dos dois do que com aquele falastrão cheio de exigências. Talvez ela até tenha fantasiado com isso, ainda que brevemente. Mas, não, este não foi o seu destino. Os quartos estavam prontos e nada poderia ser mais aterrorizador para Junior do que aquilo que estava prestes a acontecer. E se falhasse? E se a mulher que lhe foi designada não gostasse? E se as gêmeas comparassem as performances deles e contassem para seu pai qual tinha vencido? Será que Neto não sentia medo disso?

Antes de Isabela, não havia neblina naquela cidade de velhos. Tudo ali era fácil de ser visto e classificado. O sol nascia todos os dias e, apesar de não impedir mentiras, por contraste, não permitia que passassem despercebidas as terríveis personalidades de alguns habitantes daquele lugar. Mas com Isabela tudo ocorria de modo distinto, ela não era fácil de ser lida. O que sabiam dela, além de sua beleza fina e singela? A Senhora de Menezes Grimaldi se perguntava: era a nora uma boa moça? O que havia acontecido com seus pais? Por que ela morava sozinha? Sem dúvidas, suas roupas se assemelhavam com as das outras do seu tempo e ela estudava medicina, mas não parecia possível atestar seu caráter. Algo cheirava mal, nunca tinha escutado falar da família daquela menina. Será que ela realmente amava Junior ou apenas desejava o dinheiro dos Grimaldi? Apesar de não admitir, ainda possuía sérias desconfianças da índole de seu filho. Junior sempre retrucava, quando a mãe, de forma sorrateira, lhe fazia perguntas do tipo. *Você acha que não sou capaz de ser amado por uma mulher tão bela, não é? Por isso, fica arranjando tantos defeitos para nossa relação.* Helena também se questionava: seria Isabela a salvação ou a desgraça daquele menino? Sem dúvidas, aquela moça possuía alguma coisa que a incomodava profundamente. O que a fazia sempre relacioná-la à Berna Weber? Helena tentava, frequentemente, encontrar uma explicação satisfatória, mas as frases resistiam, protegiam Isabela.

Algumas coisas são certas nesta vida. A primeira delas é que, em algum lugar do mundo, existe alguém que irá lhe fazer mal, mesmo que não intencionalmente. A segunda é que determinadas coisas não estão ao alcance de todos e que, por motivos inexplicáveis, simplesmente não podem ser. Por exemplo: você pode amar literatura, conhecer de cor e salteado milhões de versos, ser um apaixonado por histórias. Mas isto não o torna um escritor, não, isto não o torna. Esta é a realidade, não estou disposta a fazer concessões para ganhar sua simpatia. Você pode citar trechos de romances difíceis, adotar um tom arrogante, criticar autores sofisticados, mas os outros saberão que lhe falta o toque mágico necessário. O escritor é alguém que executa muito bem as ordens do invisível. Portanto, além de persistente, você também precisa se permitir o desconhecido para que seu próprio talento se revele. Lamento lhe dizer, mas é do mesmo jeito com o amor e com a beleza. Mesmo que muitos se esforcem, nem todos conseguem. Mas voltemos à literatura: assim como as outras artes, ela é injusta. Ou melhor: a verdadeira arte é justa, universal, alcança a todos, mas a condição de artista é seleta e sem critérios. Você pode, certo dia, descobrir que alguém que leu muito menos do que você e que tem um terço da sua idade, escreve coisas com mais força do que as suas. E por mais que você se aborreça, é melhor que admita logo isso, que ultrapasse este sofrimento. Para ser um bom apreciador é necessária uma boa dose de humildade, senão você perde o encanto pelas coisas que elevam o espírito. Naquela cidade de velhos, havia uma mulher humilde que trabalhou até a morte como cozinheira de um bar de quinta categoria. Nunca existiu, naquele lugar, bife ou pessoa mais digna: ela sabia quem era e entregava o seu melhor. Todo mundo possui algo de único para dar ao mundo, mas é necessário ter coragem para assumir que, muitas vezes, esta oferta é solitária e que nem sempre é bem-sucedida. Junior sofria tanto porque era um inconformado consigo mesmo. Pensava ser um artista, mas não tinha o desprendimento necessário para admitir os riscos desta condição. Só tomou uma atitude, quando as circunstâncias o impeliram. Caso contrário, seria desses que culpam a mãe e o pai por toda a existência. Se ele se posicionasse, não teria perdido tanto tempo com medo de que alguém o achasse inferior a Neto. Aliás, não se pode negar que seu irmão fazia as coisas acontecerem e não concedia peso em excesso à opinião alheia. Se você deseja ser alguém na vida, aja, mesmo que aquilo que produza seja um monte de porcaria. Durante um bom tempo, ainda que Neto jamais tivesse manifestado qualquer interesse por Isabela, Junior se sentiu ameaçado. Seu fascínio por aquela garota era tão grande que a mera ideia de ser trocado por seu gêmeo lhe causava arrepios. Junior nunca havia a beijado, mas sabia que, num futuro muito próximo, isto aconteceria. Ela já tinha dado todos os indícios do seu interesse, só faltava que ele tomasse iniciativa.

Meu Deus! Por que diabos tornava tudo tão pesado para si mesmo? Por que era este ser tão complicado? Por que não funcionava como os outros?

A primeira mulher que Junior viu pelada foi a gêmea americana que ganhou de aniversário. Antes dela, tinha apenas uma breve noção do que se escondia por baixo das roupas femininas. Durante a infância, os corpos de Helena e de sua mãe lhe pareciam mistérios. Já os das três Marias não lhe causavam interesse, pois eram semelhantes ao dele. Muito pequeno, Junior acreditava que eram os vestidos que tornavam sua mãe, Helena e as três Marias, mulheres. Somente quando tinha em torno de sete anos, entendeu que era outra coisa que as fazia pertencer ao sexo feminino. Diante da prostituta, se recordou desta descoberta. Naquele momento, teve a prova daquilo que havia lhe sido revelado: entre as pernas daquela mulher, existia algo fascinante, algo que merecia ser visto. Seria esta sua falta uma espécie de liberdade ou um vazio? Não teve como se ater, por muito tempo, a tal dúvida. A gêmea começou a tocar nele com força, não lhe permitindo condições de pensar em mais nada. Perplexo, constatou: sexo era como um jogo de golfe. Seu único papel era preencher, tapar aquele buraco que ficava escondido sob o mato.

Desde muito cedo, Junior demonstrava curiosidade e certo espanto por tudo que se relacionava à forma humana. Com frequência, se questionava: tinham sido as coisas do mundo pensadas e construídas a partir das possibilidades físicas do corpo ou este havia se adaptado, evoluído para conseguir sobreviver? Quem decidiu que aquilo que ele via no espelho era o máximo que podia ser? Não foi à toa que, quando escolheu entrar numa faculdade para enganar seus pais, optou por medicina. Se não iria se tornar logo um artista, pelo menos, precisava fazer um curso que lhe causasse o mínimo de interesse. Além de possivelmente fornecer respostas para as perguntas que ele se fazia, talvez os estudos também o ajudassem a entender por que ficava doente com tanta frequência. Seu plano parecia perfeito: fingir que tinha o sonho de ser médico faria com que sua mãe não mais o incomodasse com seus devaneios políticos e, ao mesmo tempo, a encheria de orgulho. Naquela cidade de velhos, um filho doutor ou engenheiro era sinônimo de prestígio.

Diferente da gêmea, cujos quadris tinham espaço suficiente para a realização de uma festa, Isabela possuía um corpo proporcional e esguio. Enquanto os seios da outra eram grandes e autoritários, os dela pareciam tímidos e nada ordenavam. Nua, Isabela ostentava a condição dessas meninas que, sem qualquer malícia, tiram a roupa para tomar um banho de rio. O primeiro beijo entre eles tinha acontecido minutos antes. Sem dúvidas, causou muita surpresa para Junior a oferta imediata que ela fez do seu corpo.

Com a mulher-presente, a única antes de Isabela, tudo tinha acontecido de maneira abrupta e da pior forma possível. Por medo de passar vergonha, fechou os olhos e, pela primeira vez na vida, se permitiu alguns pensamentos que lhe pareciam absurdos. Sim, somente a muito custo, conseguiu fazer o que devia. Ainda que não se sentisse excitado, era um homem que não sabia desobedecer a regras. Talvez esta fosse a sua maior diferença em relação a Neto: seu irmão, sem dúvidas, era um rebelde incorrigível. Desde muito cedo, ele se recusava a seguir comandos e apenas agia de acordo com suas próprias vontades. Junior ficava desnorteado: seu gêmeo não temia ser punido? Onde encontrava aquela segurança?

Durante o tempo que esteve com a prostituta importada, Junior não conseguiu deixar de pensar o quanto tudo aquilo não passava de um espetáculo grotesco. Seriam mesmo aqueles peitos enormes obras da natureza? Com força, os apertou e teve certeza de que eram falsos. Falsos! Como era possível? Onde aquela mulher os tinha adquirido? Existia, no exterior, algum mercado disto? Apesar de ter conseguido cumprir a tarefa que lhe foi designada, nunca deixou de se sentir enojado com sua primeira experiência sexual. Consolava-se dizendo que, quando encontrasse o amor de sua vida, a experiência seria completamente diferente.

Houve um dia, ainda quando as crianças eram pequenas, em que Helena precisou ir ao açougue. Prontamente, Junior se ofereceu a acompanhá-la, pois gostava muito da sua companhia. Com pena do menino, sempre solitário e calado, Helena acabou cedendo aos seus apelos.

– Lena, o que é isto que você está comprando?
– Carne, Juninho.
– Lena, que tipo de árvore dá carne?
– Não há árvore disto, Juninho, a carne vem do boi.

Helena não sabia de que maneira poderia dizer para aquele menino, sem que fosse muito chocante, que os seres humanos assassinavam os animais para se alimentarem. Depois de titubear, acabou sendo sincera e falou a verdade. Arrependeu-se, instantes depois, ao constatar a expressão de horror daquela criança. Sem dúvidas, a crueldade do mundo real era muito difícil de ser traduzida para o universo infantil.

Por várias razões, Junior se sentiu incomodado com o fato de Isabela ter tomado a iniciativa. O primeiro destes motivos era que ele desejava provar para si mesmo que tinha coragem. Além do mais, este era o seu papel, não aceitava perder o protagonismo. Também não lhe parecia de bom tom que uma mulher fina como Isabela se oferecesse de maneira tão fácil e sem ressalvas. Ela era sua heroína romântica e, assim como todas as outras, deveria parecer inacessível.

Sem dúvidas, as circunstâncias que tornaram possível que Isabela estivesse nua, naquela cama, não corresponderam às expectativas de Junior. Acreditava que tudo deveria acontecer de maneira mágica e distinta daquela vez com a gêmea. Mais uma vez, sexo lhe parecia somente um jogo de golfe superestimado. Mesmo que achasse o corpo de Isabela lindo, sem dúvidas, se sentia decepcionado com a forma como tudo aquilo fora conduzido.

Como não quero parecer antipática, naquela noite, finjo me interessar pelos diversos tipos de dieta que as outras garçonetes dizem seguir. No entanto, é evidente para elas que estou aflita, que tem algo me perturbando. Já há algum tempo, vem sendo deste jeito. Elas riem, com frequência, deste meu desespero. *Você deve ser rica! Como assim, anda com livro na bolsa? Até parece que qualquer uma de nós tem tempo para isso! Quem já viu pobre de olho claro?* Mesmo diante dos comentários maldosos, contrario qualquer instinto de dignidade e peço que me deixem atender às mesas próximas da porta. Elas concordam logo com o meu pleito, o colocam na cota da minha suposta esquisitice. Afinal de contas, serão beneficiadas, terão menos trabalho. Nem imaginam o meu real motivo: tenho a esperança de que o homem que amo apareça sozinho e não quero correr o mínimo risco de não o encontrar.

Naquele dia, meu cérebro não conseguia processar direito as informações que os clientes me passavam. É verdade que muitos deles não esperavam nada muito diferente de mim, se sentiam superiores, acreditavam que se eu fosse capaz de grandes feitos não estaria naquele lugar para servi-los. Todas às vezes que cogito que estão

pensando isso, tenho vontade de lhes dizer que vários estrangeiros bem-sucedidos trabalharam como garçons, durante algum período de suas vidas. Mas de que adiantaria falar essas coisas, além do risco de parecer uma sindicalista advogando em causa própria?
    Numa madrugada, após o expediente, além de exausta, saio desiludida por ter passado mais um dia sem vê-lo. Enquanto caminho em direção ao ponto de ônibus, acendo um cigarro, minha única companhia constante. A rua está deserta como sempre, mas diferente do habitual, sou tomada por uma sensação ruim. Sinto-me como se estivesse sendo observada, seguida. Apresso meus passos, só que isto não impede que meus medos se tornem realidade. De repente, sou agarrada por trás e uma voz familiar sussurra coisas horríveis no meu ouvido. Apavorada, descubro que a língua que lambe meu pescoço é a de um frequentador do bar. Imploro que me deixe ir, digo que estou atrasada. Obviamente, meu pleito não é atendido. Mesmo assim, consigo fugir. Cinzas do meu cigarro me salvam, se despedaçam em seu braço.

Já no banho, tento decidir se devo relatar para o meu chefe o que aconteceu. Acabo convencida pelos argumentos do não. Meu medo de escutar algo como *"o cliente tem sempre razão"*, me impede de levar adiante a ideia de expor meu problema.
    No dia seguinte ao episódio, após pegar os dados do homem que amo no sistema, peço demissão. Surpreso, o gerente do bar me pergunta o que me fez tomar esta decisão tão repentina. Com ódio de tudo, minto: *Não aguento mais ser maltratada pelas outras meninas.*

Duas semanas depois de deixar meu emprego, tomo coragem e ligo para a casa do homem que amo. Uma senhora gentil, possivelmente de idade avançada, me avisa que ele foi passar um tempo fora do país. Sou tomada por um misto de alívio e aflição. Convenço-me de que ele rompeu a relação com a última mulher que levou no bar. Minutos depois, me flagelo: e se eles tiverem ido juntos? E se ele acabar se casando com alguém que irá conhecer enquanto estiver morando neste lugar?

Sim, durante anos, só me restarão cogitações. Mas um pensamento me atormentará, por muito tempo: nem mesmo o amor quis me salvar. Preferiu fazer as malas e ir viajar.

CAPÍTULO 10
UMA VALSA PARA O ESQUECIMENTO

Dez. Caído no chão, ele lembrava da avó repetindo, como no dia em que Neto a desafiou na igreja: *dez, são dez os mandamentos*.

Não, ele não deveria receber aquela sentença: jamais foram católicos praticantes. Aliás, antes de tudo aquilo, até seus pais zombavam disso.

Dez. Caído no chão, ignorava: o número dez, na tradição cabalística, significa a união do tudo com o nada. Deus e seu sopro. O vazio e o eterno juntos. Ômega e alfa. *Fiat lux*: o mundo se formando a partir da primeira palavra.

A provação humana. Será que foi, em algum dia dez, o julgamento de Cristo? Nenhum dos dois fez nada de errado, nasceram assim, por que estavam passando por isso? No chão: ele, machucado, destruído. Na parede, um crucifixo.

Aquela era a vingança definitiva de seu pai? Apanhava também pelos erros do irmão? E ela? Sua mãe? Ficaria daquele jeito? Em silêncio? Se ele tinha sempre feito tudo certo, por que nunca foi seu filho preferido?

Com o nome do pai, houve um filho. Morreu naquele dia. Disseram-lhe que não era santo o seu espírito.

Terei vinte e quatro anos. Num lugar inesperado, reencontrarei o homem que amo. Depois de me olhar de maneira demorada, ele finalmente virá falar comigo. Dirá que me tornei uma mulher muito bonita. Dirá que me queria assim: adulta, crescida.

Perto dos meus dezenove anos, minha mãe gritará: *Deus é um estrangeiro, não compreende meus pleitos!* Durante madrugadas, acenderá velas, fará orações, pedirá a ajuda dele de todos os modos possíveis. Ele nada lhe responderá. É um estrangeiro orgulhoso, destes que ignoram mendigos famintos, nunca a perdoou pelo episódio do crucifixo.

Minha mãe não tem este direito. De plagiar minha infância tão sacrificada. Ela não pode, simplesmente, ficar assim tão doente. Os médicos lhe dirão: *sim, é verdade, você é jovem, mas isto tem acometido muita gente. É uma doença do nosso tempo, ainda não encontramos uma explicação plausível.* Ela não tem o direito de colocar um crucifixo na parede da nossa nova casa como se isto fosse algo corriqueiro. Ela não pode desejar parecer uma mãe dedicada a esta altura da vida. Não, ela não tem como exigir que eu me comporte, depois de tudo que fez, como uma boa filha.

Eu não pude ter uma infância normal por causa dela. Desejou me transformar num protótipo seu, numa pequena prostituta magricela. Os olhares daquele povo dos estúdios ainda fazem arder meu estômago, a mera lembrança da luz dos holofotes incomoda meus olhos. Ela diz que não podia me perder, que me queria à sua imagem e semelhança, pois não teve outros filhos. Meu irmão nada significava para ela, meu irmão era homem e morreu, nos braços de outra mulher. Disseram para mim, recém-nascida: você também irá morrer, só que muitas vezes. Este é o destino de todas as meninas da família.

Eu não sei por que ela quer ser eu. Não há vantagem alguma nisso, garanto. Não conheço esta mulher que vive deitada, acometida por febres, desmaios, tosses e resignação. Não conheço essa mulher religiosa, fiel fervorosa. Não conheço esta mulher que abaixa a cabeça para tudo, que tanto quer ser minha amiga. Não, minha mãe verdadeira está num porta-retratos, minha mãe verdadeira só reconheço agora numa fotografia antiga.

CAPÍTULO 11
UMA VALSA PARA O ESQUECIMENTO

Quando tinha doze anos, com lágrimas nos olhos, Junior implorou: *Lena, por favor, me ajude. Não sei o que Deus me reserva, mas não consigo mais viver assim.*

O corpo de Isabela. Nua, bela, Isabela. Meu Deus! Por que diabos tornava tudo tão pesado para si mesmo? Por que era este ser tão complicado? Por que não funcionava como os outros?

No açougue, Helena lhe revelou: *não há árvore disso. A carne vem do boi.*

Novamente, os pensamentos absurdos surgiam para que conseguisse exercer o papel que lhe foi destinado. A carne de Isabela. Nua, bela. O fascínio. Não podia mais se enganar, era a terceira vez que ficavam juntos. Não, definitivamente, não gostava de jogar golfe. Mas em Isabela residia toda a beleza que havia conhecido. O que era preciso fazer para que pudesse ter um pouco dela?

Meses depois, a notícia. *Grávida?* Neste dia, teve o primeiro ataque de ansiedade. Só com aquelas tacadas incipientes conseguiu engravidar uma mulher? A árvore dos humanos era então mesmo isto? Um jogo sem sentido, com movimentos rápidos, precários e pouco precisos?

A resposta lhe trazia a terrível certeza: havia mesmo se transformado num homem adulto. Envelhecia e, provavelmente, nunca se tornaria um artista.

Sim, eu sempre tive medo daquela cidade de velhos: ou as pessoas enlouqueciam ou viravam monstros, sem que se dessem conta disto.

Desde o início, a Senhora de Menezes Grimaldi previu que seria alvo de comentários maldosos. A igreja estava lotada: imaginou que seria assim, ninguém daquela cidade perderia a oportunidade de falar, no dia seguinte, sobre aquele casamento. Seu vestido não poderia estar mais bonito: a renda lhe dava a sobriedade necessária para a ocasião, enquanto a organza lhe permitia a lembrança de uma delicadeza já perdida. O penteado não a favorecia esteticamente, mas a sua coragem em usar o cabelo preso, em deixar o rosto exposto, sem molduras, demonstrava que ela não sentia vergonha alguma daquelas pessoas, não lhes devia satisfação sobre nada. Porque temia ser inconveniente, mas não desejava ferir seus princípios, abandonou, apenas por aquela noite, o preto pelo azul-marinho. De braços dados com um homem que não era seu marido, desfilou pela nave da catedral. Mal o conhecia, portanto, não pôde confessar que aquela música clássica, apesar de suave, não acalmava o seu nervosismo.

Durante a cerimônia, Junior evitou olhar para os rostos de Helena e de sua mãe. De certo modo, estava casando-se por causa delas, para que acreditassem que tinha mudado, para mostrar que, assim como Neto, ele também conseguia.

É verdade: estava escuro. Mas, apesar de fisicamente idênticos, a Senhora de Menezes Grimaldi jamais havia confundido seus filhos. Madrugada. Levantou-se para tomar somente um gole de vodca, o marido estava viajando, aquela cidade era quente, sentia sede nas horas mais inapropriadas.

Os sussurros, inicialmente, causaram-lhe medo. Quase gritou, achou que a casa estivesse sendo ocupada por bandidos. Segundos depois, escutou a voz conhecida. Acabou se dando conta de que, na área de serviço, o filho se agarrava com uma mulher. Até este ponto, nada de incomum: estranhamente, ela se orgulhava de Neto ter herdado do pai o gosto por vadias.

Minutos depois, foi traída de novo. Mas, desta vez, por sua própria curiosidade. Não, não era possível. Certamente, o que estava vendo não passava de uma miragem. Neto jamais faria aquilo.

A Senhora de Menezes Grimaldi já havia passado por todo aquele sofrimento com a descoberta do caso do marido com Berna. Deste modo, para conseguir sobreviver, precisava, de algum modo, voltar a acreditar em suas certezas mínimas. Sua única alternativa, ironicamente, era defender para si mesma que estava bêbada apenas por conta de um copo de vodca. Antes chegou a cogitar: talvez Isabela tivesse uma irmã gêmea. Percebendo a fragilidade desse argumento, preferiu acreditar que, pela primeira vez na vida, estava confundindo seus filhos. Não, Neto jamais romperia a aliança secreta masculina, ele não faria isso com seu irmão. Desde pequenos, eram muito unidos. Não, Neto não tinha herdado a natureza traiçoeira do Senhor Luiz Antônio Grimaldi. Apesar de mulherengo, ele era um bom menino.

Quando Junior comunicou para a mãe que Isabela estava grávida, a Senhora de Menezes Grimaldi ficou estarrecida. O que devia fazer? Alertar o filho sobre o fato de que seu irmão também podia ser o pai da criança? E se realmente tivesse se enganado, confundido seus meninos? E se o bebê fosse mesmo filho de Junior, apesar de Neto ter transado com Isabela? Constatou: nunca poderia ser tirada esta dúvida e qualquer comentário que fizesse sobre o assunto destruiria a relação dos dois. Além do mais, talvez o casamento, mesmo com uma mulher de postura questionável, acabasse trazendo algo positivo para Junior. Talvez também com uma criança, ele ficasse menos doente e introvertido. Fora isso, acabariam os boatos sobre sua sexualidade. Não, não via vantagem alguma em impedir aquilo. Se era o que Junior queria, ela precisava rezar para que tudo desse certo. Sim, a situação não era nada confortável e lhe causava uma angústia terrível. No entanto, melhor cenário não conseguia prever.

No jornal, uma foto do casamento. A família unida?
Três semanas depois da união de Junior com Isabela, uma terrível notícia: a primeira Maria voltou a ser estrela. Em questão de meses, outro infeliz ocorrido: a nora-neblina morreu no parto, levando consigo seu netinho.
A Senhora de Menezes Grimaldi parecia estupefata. Nem triste ou melancólica, apenas estupefata. Enlouqueceria de vez, pouco tempo depois daquele momento, quando do desaparecimento de Neto. Na ponta do caixão da esposa, Junior, como de costume, parecia retraído. Já seu gêmeo chorava, estava desolado com o que tinha acontecido.

Assim como determinadas pessoas, algumas manhãs têm perfumes próprios. Havia chovido muito e Helena jamais se esqueceu do aroma que invadiu aquela casa, quando abriu as janelas, naquele dia. O cheiro era uma indefinível mistura de flores sem pátria. Sim, flores fugitivas: por não compreenderem mais aquela cidade, resolveram deixar suas raízes, foram juntas em busca do não estabelecido. *Cheiros são sempre vestígios*, Helena deveria ter lembrado. Horas depois, se perguntaria: estava diante de um adeus desses que são construídos com a displicência de um balançar horizontal da mão ou era ele definitivo? Antes terrivelmente quente, aquela cidade agora se tornara chuvosa e possuía neblina. Vestígios de Isabela? Não, Helena tentou se convencer. Era dessas pessoas que acreditavam que, no fim de toda tempestade, nascia a bonança. Portanto, o suave cheiro daquela manhã a agradava, parecia anúncio de algo novo. Talvez as fortes chuvas daquela família estivessem se tornando distantes ontens. Sim, é preciso menos coragem para escrever ontens do que para acreditar que a dor da perda de alguém é amenizada pelo tempo. O passado passa? Sim, é preciso ser destemido para querer que a dor da perda de alguém seja mitigada, pois isto significa aceitar que não se está invariavelmente ligado ao ser amado, isto significa admitir que a ausência de um amor pode ser superada. O pior: isto significa consentir que nada resiste ao esquecimento. Helena não desejava perder da memória a sua primeira menina, a sua primeira Maria. Mas precisava abrir um espaço no coração para a bonança que se revelava.

Quase todos que não foram arrastados pela tempestade, quase todos que sobraram daquela família, estavam sentados na mesa. *Helena, por favor, chame Neto, diga que está na hora de ele acordar*. Minutos depois, Helena com uma expressão tensa: *Neto não dormiu em casa*. A Senhora de Menezes Grimaldi, desesperada. O Senhor Luiz Antônio Grimaldi, aparentemente, tranquilo: *Pare de tratar este menino como uma bicha. Deve estar dormindo com alguma namorada.* A Senhora de Menezes Grimaldi, apavorada: *Mas sempre que ele faz isso, me liga para avisar.*

Sim, a manhã depois desta, assim como todas as outras que se seguiram, passaram a ter o terrível cheiro do nada.

Apóstolos da recusa, assim também podiam ser definidos os gêmeos. Apóstolos da recusa. Desde o desaparecimento de Neto, Helena se perguntava: seria o Senhor Luiz Antônio o responsável por isso? Será que um pai, mesmo um tão ruim como ele, era capaz de fazer algo desta ordem?
Ao receber um suposto cartão-postal do filho, a Senhora de Menezes Grimaldi não soube o que sentir ou achar. Desde que o flagrou com Isabela, desconfiava de tudo que vinha deste menino.
Já tarde da noite, enquanto se esforçava para ler a mensagem atribuída a Neto, Helena chorou. A letra parecia realmente dele, mas estava tremida, desalinhada.
Gêmeos, gêmeos! Neto. Antônio Luiz Grimaldi Neto. Apesar de não ser aplicado nos estudos como Junior, desde o fim da adolescência, ele vivia com um livro debaixo do braço. *Não sou pessoa de deixar mensagens em garrafas. O que temos a dizer não é apenas para um futuro mítico.* Esta frase é de Marcuse, o maior de seus ídolos.

Iscariotes: traidor ou herói? Não importa. Iscariotes: um menino. Sim, Iscariotes: um dos gêmeos dos Grimaldi, o filho para sempre desaparecido.

Tenho dezenove anos. Minha mãe trinta e quatro. Ninguém que vive ao nosso redor sabe o que está acontecendo. Se possuímos algo, ainda em comum, é este segredo. Sua doença é vista como coisa de gente sem decência, não podemos dividir nosso drama com ninguém. Os vizinhos, nos últimos tempos, vivem investigando, levantando suspeitas. Mas nenhum tem coragem de nos perguntar nada diretamente. Sim, eles percebem que ela está definhando. Sim, eles notam que seu cabelo está caindo. Alguns devem até me culpar, dizer que sou uma filha ausente, que meu comportamento é responsável por tudo que a acomete. Isto não é absolutamente verdade, mas não me importo que pensem assim.

Segundo os chineses, se alguém salva a vida de outra pessoa, torna-se responsável por ela para sempre, pois imediatamente cria-se entre as duas um compromisso que jamais poderá ser desfeito. Inúmeras desgraças se abaterão sobre a parte que for infiel...

Esta história voltou a ser, diariamente, repetida. *Somos uma só pessoa. No passado, eu que te salvei. Agora é sua vez.* Afinal, somos mãe e filha.

A avó do homem que amo não me aprova. Ela me considera inferior e sem grandes perspectivas. Frequentemente, faz comentários sobre o meu emprego na livraria, me chama de sonhadora, ridiculariza o fato de eu gostar de poesia. Fora isso, me culpa por alguns dos problemas antigos dele. Precisa de uma desculpa para justificar que seu rebento, tão bem-criado, não é perfeito. Eu deixo para lá essas suas críticas. Tudo que preciso agora é de uma família, mesmo uma com alguém assim.

O homem que amo anda muito nervoso. O tempo em que esteve internado não foi o suficiente para curá-lo. Seus pais já fizeram de tudo, até pagaram para ele se tratar fora. Nos últimos meses, ele tem vivido à base do demônio branco. Ou seja: anda eufórico, transtornado. Ainda assim, sou tão apaixonada que tento não me importar.

É verdade: alimento a esperança de que conseguirei salvá-lo. Numa noite, ele se aborrece com um comentário qualquer meu e me machuca. No hospital, vendo-me destruída, pede desculpas, diz que conseguiremos superar. Quando saio da cirurgia, descubro-me sozinha. Obviamente, nem ele, minha mãe ou Lágrima estavam lá.

Assim como fazem os heróis que retornam da guerra, o homem que amo voltará para seu castelo. Desavisadamente. Quando chegar, será recebido com honrarias. Terá desertado. Todos saberão disso e comemorarão sua coragem. Pelo caminho, ele terá me abandonado. Assim como todos os homens que passaram pela minha vida. Desavisadamente.

CAPÍTULO 12
UMA VALSA PARA O ESQUECIMENTO

Se Helena pudesse contar tudo que aconteceu, imagino que ela diria algo mais ou menos assim:

    Meu nome é Helena Santos Bispo. Mas se houvesse alguma coerência ou justiça neste mundo, por direito e antiguidade, eu deveria ganhar o sobrenome Grimaldi. Não que o deseje. Aliás, até o repudio. Mas a história desta família é também minha. Sou sua narradora, mãos e olhos, conheço seu começo e fim. Eu a vi nascer e morrer, acompanhei seus fracassos e glórias. Quando pequena, depois que meu pai foi trabalhar em outra cidade e nunca voltou para nos buscar, minha mãe tentou calar a fúria das minhas palavras. Todos os dias, ela me dava tapas na boca. Ao vê-la adoecer por causa dele, ao escutá-la inventando desculpas ridículas para seu sumiço, eu lhe dizia: *Quando crescer, serei apenas Helena, dona do meu caminho, sem Santos, nem Bispo.*

    Se há algo que agradeço, foi o fato de os Grimaldi terem me aceitado realmente como Helena. Uma pessoa qualquer, cujo passado a ninguém interessava. Não agiram assim por bondade, apenas repetiram o modelo que lhes foi transmitido. Jamais precisei lhes explicar nada sobre a minha vida pregressa porque, quando comecei a trabalhar naquela casa, eles me consideravam fungível. Tentei usar esta invisibilidade como um modo de me reinventar, passei mais tempo ao lado deles do que convivi com meus parentes. E acabei acreditando nesta pessoa que me transformei. Volto a dizer: se houvesse alguma coerência ou justiça neste mundo, por direito e antiguidade, eu também deveria ganhar o sobrenome Grimaldi. Repito: eu não o desejo, aliás, eu até o repudio. Mas a história desta gente é também minha, seu desfecho me pertence. E os personagens dela nunca puderam existir sem seus sobrenomes. Portanto, para contar o que lhes aconteceu de forma devida, preciso, ainda que somente por um instante, deixar de ser mera observadora de seus enredos, necessito adotar seus pontos de vistas. A partir deste momento e até o fim do capítulo, me chamarei Helena Grimaldi. Depois, finalmente, me despedirei desta e de qualquer outra amarra, ultrapassarei definições, restarei para sempre livre.

Quando cheguei para trabalhar com aquela família, a Senhora de Menezes Grimaldi parecia uma idiota. Ela me pedia tudo de forma excessivamente polida, se mostrava intimidada com a minha presença, sentia uma culpa evidente pela posição que ocupava. Era claro o seu desconforto, aquele papel não lhe pertencia. Fiquei de boca aberta ao conhecê-la, eu a imaginava como uma destas mulheres vulgares que fazem qualquer coisa para entrar na sociedade. Antes da entrevista de emprego, umas colegas tinham me contado que ouviam suas patroas dizerem que a Senhora de Menezes Grimaldi era interesseira e que deu o golpe da barriga. Vejam, que absurdo: muitas destas criaturas frequentavam os jantares da mansão e se diziam pessoas íntimas. Várias vezes, tive que morder a língua para não falar estas coisas para minha patroa. Como precisava muito do serviço, nos dias que parecia que eu não ia mais aguentar ficar em silêncio, eu mesma me dava uns tapas na boca do jeito que minha mãe fazia. O mais difícil de tudo foi suportar calada, durante verões a fio, a presença daquela miserável magricela. Falsa como uma peste, ela fingia amar a Senhora de Menezes Grimaldi e os meninos, mas não perdia a oportunidade de fazer uma visita ao escritório do marido da amiga. Sei de tudo isso porque, desde que o monstro me estuprou, passei a ficar as madrugadas em claro. Por medo de que o horror acontecesse novamente, evitava meu quarto, pois se algo de mal ocorresse comigo fora da ala dos empregados, eu teria a chance de gritar e todos acordariam para me acudir. Quando fui violentada, meu corpo se separou da minha alma. Como um fantasma, ficava então perambulando por aquela casa, portanto, muita coisa pude descobrir.

Eu gostava bastante da Senhora de Menezes Grimaldi, mas cedo compreendi bem o seu tipo de natureza. Se eu lhe contasse o que aconteceu comigo, ela jamais aceitaria. Ao contrário do que se pode imaginar, ela nada faria contra o Senhor Luiz Antônio, daria um jeito de parecer que tudo não passou de um mal-entendido. Apesar de se comportar como se não concordasse com as atitudes dele, ela, mesmo no seu próprio leito de morte, permaneceu fiel ao pacto que fizeram. Na época do acidente da miserável magricela, ela até ensaiou se separar, dizia que tinha perdido o encantamento, só que suas teorias nunca se reverteram em práticas efetivas. Acabei tendo certeza de que foi a melhor opção não contar nada, quando presenciei como ela agiu com o filho. Eu sei, foi imperdoável seu comportamento, fiquei perplexa com sua conduta. Mas somente não erra quem está morto. Todo mundo carrega seus próprios diabos e, naquele tempo, ela também já andava meio enlouquecida. A verdade é que, posso tentar mil motivos, mas afeto não se explica. Além do mais, eu, uma descrente da condição humana, sempre admirei a fervorosa devoção que tanto ela quanto minha mãe nutriam pelas figuras dos seus maridos. Lógico que nenhum dos dois malditos mereciam qualquer lealdade, mas a fé é um sentimento tão bonito que se basta sozinho.

Foi somente com o passar dos anos que entendi que o Senhor Luiz Antônio Grimaldi não iria se contentar em destruir apenas a minha vida. Os jantares que oferecia e as festas que planejava tinham como único objetivo encantar suas presas para que, na hora do bote, elas fossem surpreendidas. O monstro também não se cansava de ridicularizar e ofender os meninos. O fato é que, apesar de suas obras de caridade e daqueles abraços que saía dando no povo, ele pertencia mesmo era ao mal. Porque não é apenas o que dizemos ou, eventualmente, fazemos que nos define. Mas o saldo de nossas intenções e práticas até a hora do juízo.

Junior, desde pequeno, era muito fechado. Falava pouco, media as palavras, ficava bastante agarrado comigo. Neto parecia ter herdado tudo do pai, no início, eu até sentia uma pequena repulsa pela criança. Às vezes, me culpava por conta destes meus impulsos de rejeição, afinal, ele era só um menino e não havia feito nada de errado. Felizmente, a vida me mostrou o quanto eu estava equivocada. Diferente do que imaginei, mesmo que um tanto malandro, Neto se tornou um ótimo garoto. Tinha um grande coração, era corajoso, defendia o irmão de tudo. E olhe que não foram poucas as chacotas que Junior foi vítima.

Eu sempre temi o futuro dos gêmeos. Quando descobri que Neto andava metido com política, os cabelos do meu braço se arrepiaram. Eu morria de medo que o Senhor Luiz Antônio Grimaldi descobrisse que o filho era contra seu regime e fizesse algo ruim com ele. Eu também sofria por Junior. Estava na cara que ele não era como os outros rapazes e todo mundo sabe que gente com este tipo de índole costuma sofrer mais do que é devido.

No dia em que a primeira Maria se foi, eu achei que aquele também seria o final da minha vida. Nunca tinha sentido uma dor tão grande, nem mesmo naquela madrugada terrível. Como alguém pode simplesmente tropeçar, num degrau da escada de sua própria casa, e morrer? No velório da menina, a Senhora de Menezes Grimaldi parecia doida, se comportava como se estivesse dando uma festa, oferecia para as pessoas doces e comidas, ficava o tempo todo arrumando os objetos de decoração da sala. As outras duas Marias até que tentaram conter as maluquices da mãe, mas a Senhora de Menezes Grimaldi, na época, já gostava de um remédio misturado com bebida.

Minhas preocupações sobre o destino dos meninos Grimaldi cresciam na mesma medida da barriga de Isabela. Eu ficava pensando como seria o fim disso. E se Junior descobrisse que o filho podia ser do irmão? Isabela era mulher da laia da desgraçada magricela, não tinha vergonha nenhuma na cara, só pensava em dinheiro, sabia da mulherenguice de Neto. Eu testemunhei a primeira vez que ela se jogou para cima dele. Depois de dar o maior beijo na boca no menino, fingiu que o havia confundido com o irmão, algo claramente impossível depois que se conhecia de perto os dois.

Junior andava o tempo todo de cabeça baixa, vivia contendo os gestos. No início, eu não entendia o porquê desta timidez toda. Mas, certa vez, quando ele ainda era novinho, numa das madrugadas, eu o flagrei usando maquiagem e vestido. Na hora, fiquei perplexa, sem saber o que fazer. Diante da minha reação, com aquele tipo de pureza que somente é permitida às crianças, ele revelou: *Lena, eu me sinto uma menina como as três Marias. Por favor, me ajude. Não sei o que Deus me reserva, mas não consigo mais viver mentindo assim.*

Quando eu vi Junior daquela maneira, minha primeira atitude foi trancar a porta. Em seguida, mandei que tirasse aquela roupa. Imagina se o Senhor Luiz Antônio Grimaldi descobre que o filho queria usar vestido? Acho que Junior nunca me perdoou por como agi naquele dia, acredito que ele achava que eu iria ajudá-lo a ser do jeito que desejava. Mas como eu poderia fazer isso? Como teria capacidade de mudar o corpo daquele menino?

Neto também pensava que porque eu era adulta, tinha todas as respostas do mundo. Certa vez, se decepcionou comigo por eu não ter conseguido lhe dizer como o Senhor Luiz Antônio Grimaldi era capaz de tantas barbaridades. Surpresa com sua pergunta, apenas pude comentar: *Meu filho, ele é bonzinho com os animais... Já viu como ele alimenta os cães da casa?* Aos dezessete anos, Neto começou a se meter com política estudantil. Não posso, nem quero falar do desfecho disto. Como todo mundo sabe, antes de ele sumir, Isabela e o bebê menino acabaram tendo o mesmo fim da primeira miserável magricela. Durante muito tempo, tentei me convencer de que Neto fugiu daquela casa para não ser obrigado a conviver com a dor de ter perdido um suposto filho. Até porque, no enterro, parecia muito mais desesperado do que o irmão, o pai oficial das crianças. Por causa destas coisas, prefiro acreditar que o enredo do meu menino rebelde tem destino indefinido. Ainda oro para que, um dia, a gente volte a se encontrar.

Duas Marias ainda tinham sobrado, quando a Senhora de Menezes Grimaldi pirou de vez. Ao contrário do que o povo maldoso daquela cidade dizia, ela não ficou doida por causa da bebida, nem por conta do que aconteceu com seus filhos. Esta é a desculpa fácil para sua loucura. Na verdade, a insanidade da Senhora Menezes Grimaldi teve como motivo o fato de ela não ter se livrado do amor que sentia pelo marido. Casou-se muito cedo, possuía grandes sonhos, mas nenhum deles se realizou. Desperdiçou seus anos dedicando-os àquele monstro e, quando constatou que nada disso tinha valido a pena, inventou um novo mundo onde podia controlar tudo.

Gêmeos, que sorte, gêmeos! Foi assim também no parto de Isabela. Horas depois, o desespero. A nora-neblina e o netinho da Senhora de Menezes Grimaldi foram dados como mortos. Já a gêmea menina ficou viva, apesar de muito fraquinha. Durante dias, a coitada ficou sem nome. No início, nenhum dos dois possíveis pais parecia querer saber muito dela. Fiquei com tanta pena que, para que não ficasse sem nenhuma graça, botei o apelido de Vivinha.

Na noite em que o Senhor Luiz Antônio Grimaldi descobriu Junior vestido com as roupas de Isabela e o expulsou de casa, a Senhora de Menezes Grimaldi nada fez. Acompanhou em silêncio toda a surra que o marido deu no filho. Por fim, ao ver Junior caído no chão, ela apenas avisou: *Você não vai levar minha boneca. É bem provável que não seja o pai dela.*

Lembro-me como se fosse hoje: o menino estava desfigurado, não possuía forças para se levantar sozinho, eu tive que ajudá-lo. O mais estranho de tudo foi que, quando ficou de pé, senti imediatamente um frio na costela, parecia que eu não mais o conhecia, que ele tinha se tornado outra pessoa. Minutos depois, olhei atentamente para seu rosto e então reconheci a expressão sombria. Já havia visto ela tomar conta de mim, quando fui violentada. Sabendo que este era um processo irreversível, limitei-me a dizer: *O sol é para todos, meu filho.*

Antes de Junior fugir com a menina, eu lhe dei todas as minhas economias, inclusive o dinheirinho que sobrou da venda do terreno de minha mãe. Seis meses depois de perder seu último filho, a Senhora de Menezes Grimaldi acabou internada num hospício.

Meu nome é Helena Grimaldi. Eu não ganhei este sobrenome por direito ou antiguidade, mas, sim, por pertencimento. Depois que a Senhora de Menezes morreu, finalmente, assumi a autoria da minha história e a daquela família. Coloquei os pontos finais que faltavam nelas. Resolvi que, finalmente, estava na hora de fazer justiça.

Meses antes de eu completar trinta anos, o homem que amo volta a me telefonar. Diz que, depois que me deixou, nunca conseguiu passar um dia sequer sem pensar em mim. Diz que, em todas as noites após a nossa separação, tentou recobrar a magia dos nossos primeiros encontros. Comenta que, em diversas madrugadas, por instantes, se confundiu, achou que era eu a pessoa deitada ao seu lado. Após um breve silêncio constrangido, pergunta sobre o meu rosto, fala que nunca se perdoou e que ainda me imagina uma mulher muito bonita. Por fim, ressalta que guarda de mim somente as melhores lembranças e que, nos momentos de desespero, quando lhe parece que aquilo que vivemos não aconteceu, encontra consolo numa fotografia nossa antiga.

CAPÍTULO 13
UMA VALSA PARA O ESQUECIMENTO

Eu tinha quinze anos, minha filha, quando conheci seu pai. Desde a primeira vez que pousei meus olhos nele, não consegui mais esquecê-lo. Além de alto e belo, características que sempre me atraíram num homem, ele me intrigava pela timidez. Frequentemente, eu me perguntava: como alguém deste jeito sonha em ser artista? Na época, eu não possuía um centavo qualquer, já havia fugido. Fui salva da miséria pela minha beleza. O professou do teatro se encantou comigo e me permitiu entrar no grupo amador. Sim, esta foi a minha primeira valsa. Muito, muito cedo, meu corpo virou modo de sustento.

Havia três meses que eu e seu pai tínhamos estreado como os protagonistas da montagem teatral. Por diversas vezes, nas coxias, eu o peguei me observando, mas sempre que tentava me aproximar, era rejeitada. Quando pressentia minhas intenções, ele inventava desculpas absurdas para não aceitar meus convites. Inicialmente, pensava que agia assim por preconceito, já que todos sabiam que eu dormia com o professor e pertencia à categoria de mulheres que sobrevive do dinheiro alheio. No entanto, pouco tempo depois, descobri que não era nada disso. Um dia, sem mais nem menos, quando já não me restava qualquer esperança, ele se aproximou e disse: *Você se parece muito com a mulher mais bonita que conheci nessa vida. Gostaria que viesse morar comigo e com a minha filha.*

Quando me mudei para a casa de seu pai, ele me contou uma parte do que ocorreu com ele. Prometeu-me que, se eu assumisse bem a posição de sua mãe, não teria que me preocupar com trabalho, pois dinheiro não faltaria. Por fim, deixou claro: a partir daquele momento, éramos uma família. Toda noite, eu me arrumava, desejava loucamente que ele me procurasse. Foram dois meses nesta expectativa, sem compreender o que estava acontecendo. No entanto, numa manhã de domingo, o mistério acabou. Seu pai se sentou à mesa maquiado, usando um conjunto de blusa e saia florido. Diante da minha expressão de espanto, ele apenas ordenou: *Quero ser, a partir de hoje, chamada de Lágrima.* **Luiz Antônio Grima**ldi Junior, finalmente, me abandonou.

Todo o resto desta história, você sabe há muito tempo, apenas não tinha coragem de falar em voz alta. E, sim, já estou morta há anos, mas soprei este livro no seu ouvido para que você desista destes relacionamentos destrutivos. Veja o meu fim. E o de Lágrima. Vidas profundamente doentes. Se salve, siga em frente. Não confunda mais amor com fascínio.

Acho que você nunca se perdoou por termos abandonado Lágrima. E por ela ter morrido sem ter recebido o afeto e o reconhecimento que merecia. É verdade, eu não fui capaz de perceber o que estava, de fato, acontecendo. Ainda consigo escutar as palavras do seu médico: *Os resultados dos exames chegaram. Dado o contexto em casa, terei que fazer uma denúncia para a polícia. Descobri o motivo da última doença da sua filha: ela tem ingerido doses altas de hormônio, todos os dias.*

Na época, pensei que Lágrima estava te submetendo a isso, que desejava que você experimentasse algo parecido com o tormento que ela vivia. Planejei então a nossa fuga, acreditava que, só assim, a salvaria. Como imaginar que era você mesma a única responsável por tamanha maluquice? Porque desejava ser o oposto de Lágrima? Porque não queria mais ficar menstruada? Porque precisava fugir da sina das mulheres da nossa família?

Tenho vinte anos. Minha mãe jaz na minha frente. Causa da morte? A mesma de Lágrima: uma sigla. Desculpe-me, não consigo ir além. Sempre ignorei minhas emoções no presente, é o futuro, no corpo, que me dá pistas do que senti. Não, não consigo narrar, preciso que falem por mim:

HERANÇA

Pai – passei a vida a procurá-lo
Para encontrá-lo à beira da morte
E ser-me revelado que pai não morre

Mãe – passei a vida a procurá-la
Para encontrá-la à beira da morte
E ser-me revelado que mãe não morre

De tão vosso pequeno, fico a vos dever
Nesse grande testamento, em que me destes
a vida por sorte.

Pai e mãe, eu vos sou
e de sê-los não dou conta
desde o berço até depois da morte

W. D. Cavalcanti
(Adiantamento da legítima)

Na véspera dos meus trinta anos: *Tenho tentado falar com você há meses. O que aconteceu?* Não, não quero escutar mais desculpas. *Precisamos conversar pessoalmente, é importante.* Não, não pode ser na próxima semana. *Estou grávida.* Do outro lado, no início, silêncio. Logo depois, sua voz, calma. *Vamos ponderar, não é o melhor momento para algo deste tipo, temos que encontrar uma solução.* No dia seguinte, chego ao lugar marcado. Minutos se passam. Enquanto o espero, percebo: *Não preciso passar por mais isso.* Levanto-me e vou embora. Já em casa, tomo coragem. Abro a caixa que achei nas coisas de minha mãe: lembranças furtadas de Lágrima. Encontro, além de fotos e cartas, uma chave dentro de um livro de Albert Camus. Sim, não posso mais adiar, tenho que voltar à cidade em que nasci. Há também de existir, no meio deste meu longo e rigoroso inverno particular, um verão invencível em mim.

Na casa onde cresci, não havia fotografias com homens. E as mulheres emolduradas, nos porta-retratos da nossa pequena sala de estar, me pareciam jovens demais para servir como personagens da história da família que nunca tive. Minha mãe costumava contar que aquelas moças eram nossas tias e que moravam na sua cidade de origem, um lugar muito distante. Não raro, mudando o tom de voz, ela narrava casos de sua infância e falava sobre a ilustre senhorita que enfeitava a mesa principal: minha avó. *É uma longa tradição... Minha mãe era linda, eu sou linda, espero que você não fuja à regra.... Melhor legado não poderei deixar.* Houve um dia, no entanto, que após um destes seus comentários, a pergunta veio à tona: *Como era o rosto de minha avó na data de sua morte?* Passado o espanto inicial, olhando fixamente para mim, ela disse: *Idêntico a este que você vê no retrato. Acontecerá o mesmo conosco: partiremos deste mundo muito cedo, antes da devastação dos nossos traços e da destruição de nossas verdades mais absolutas.* Após ouvir suas palavras, não me contive: *viverei o suficiente para conhecer meu pai?* Mas isso, não, isso ela jamais respondeu.

Foi no exato instante que perdi o controle da direção do carro que, finalmente, compreendi: sempre acreditei que apenas precisava descobrir meu pai. Mas toda a minha vida, estive em busca de uma única coisa: aceitar, consentir, perdoar, de verdade, minhas mães.

Ele está diante de mim. Com a palma da mão estendida, espera minha resposta. Fosse eu mais corajosa, promoveria o encontro de nossas peles, reconheceria com os dedos as linhas de sua vida, marcas de uma existência tão solitária quanto a minha. Já faz muito tempo que aguardo qualquer manifestação sua, um sinal, um retorno. E vem sendo assim, desde os primeiros anos da minha infância, quando me percebi portadora de uma dor estranha aos que me cercam.
 Tendo-o tão próximo de mim, sinto-me profundamente comovida. Uma lembrança desliza na minha face, justifica seu nome: *Lágrima*. Apesar da certeza de que sempre esteve comigo, tive medo de acreditar que, justo nesta noite, viria ao meu encontro. Encaro seus olhos expressivos, procuro, na memória, pistas para uma certeza. Não, dele nunca existiram fotografias. Mesmo assim, aceito o meu palpite. Sua presença é impossível de ser confundida, há entre nós o silêncio que nomeia todas as coisas não passíveis de definição.
 Respiro fundo. Eu não o compreendo. Por que veio ao meu encontro só agora? Sempre estive à sua espera. Apartada. Olhando para mundos distantes e fugazes. Sozinha.

Minutos depois, me conformo. E então agradeço que esteja aqui, assim, tão perto. *Trinta anos esta noite.* Como qualquer lembrança é ficção, retomei as minhas para que pudéssemos juntos reescrevê-las. Mas descobri que nem mesmo elas se controlam, algo se encarrega de fazer com que seus nexos não criem ligações exatas. Sinto-me, portanto, perdida. Não mais insisto em causas e consequências. Se crescer é entender que não há lógica, preciso aceitar esta desestrutura, mesmo que não exista qualquer política velada que a oriente. Esforcei-me toda a existência para ser digna do direito de confiar, de me deixar ser livremente acessada. Assim, claro, é necessário que eu o admita. Perdoar significa abrir mão de certas esperanças, entender que passei pelo que me era preciso e que nada, a respeito disto, posso modificar.

Na infância, fui daquele modo: doente, assustada, alerta. Bastava que o telefone tocasse para que a onipresente sensação de horror se apoderasse de mim. Nestas ocasiões, minha mãe zombava dos meus apuros, dizia não compreender como uma criatura sua era tão medrosa e insegura. Eu, arrasada, apenas invejava sua beleza e impetuosidade tanto quanto as admirava e temia. Também sabia que minha mãe, de certo modo, sentia prazer com os meus fracassos. Isto a alimentava, a mantinha forte e viva. Como sempre tive pavor de perdê-la, jamais ousei, portanto, desobedecer aos seus desígnios. Tinha certeza de que apenas respirava porque ela me permitia, era tão dependente de sua aprovação que acreditava que sua eventual inexistência me transformaria em ruínas. Sentia medo de vencer, de dar certo, pois sabia que isto a destruiria. Não sei em que medida as negativas que eu recebia, nos testes como atriz, realmente lhe causavam tanto aborrecimento. Por jamais ter sido bem-sucedida na sua profissão, talvez fosse bastante atraente para minha mãe descobrir que para mim também não era possível. Vivi, eternamente, neste dilema: como crescer, me desenvolver, sem fazê-la padecer, morrer? A resposta nunca veio ao certo, mas o meu mal-estar se desdobrou e, com o passar dos anos, tornou-se outras interrogações: Por que tantos abusos e mentiras? Como me tornar uma mãe diferente das minhas? Pai, como sobreviver, renascer? Como permitir minhas filhas?

Ele está diante de mim, a palma de sua mão está estendida, me convidando para a valsa. Percebo: não sei como responder. Saber para ser salva significa aprender a caminhar sozinha. Mas é difícil resistir, a ideia de pertencer é muito tentadora. Minha mãe e suas roupas de gala nunca usadas: *Mundos de uma noite só*. Lágrima, em suas terças-feiras: shows criados. *Mundos de uma noite só*. Os filmes assistidos por minhas mães, cujos enredos eram protagonizados pelas mulheres dos porta-retratos. *Mundos de uma noite só*. Elas, minha avó materna e minhas tias: atrizes famosas de filmes clássicos. Eu, deitada neste chão, rodeada de pessoas estranhas e pedaços de vidro. Eu, deitada neste chão, olhando para o céu, rezando para minhas tias. As de verdade, elas: as três Marias.

Constato: a mão dele nunca esteve à palmatória, apenas se ofereceu todo este tempo com o único objetivo de me guiar. Fosse eu mais corajosa, promoveria o encontro de nossas peles, reconheceria com os dedos as linhas de sua vida, marcas de uma existência tão solitária quanto a minha. Já faz muito tempo que aguardo qualquer manifestação sua, um sinal, um retorno. Mas algo me faz resistir, é breve e singela a palavra, ela pulsa dentro de mim: mãe. Ser igual e, ao mesmo tempo, distinta das minhas. Reverencio, portanto, as pessoas que me criaram, nos imagino fazendo uma ciranda, percebo que esta é a verdadeira dança, honro nossos corpos, o feminino. Em seguida, volto a observar o rosto dele e surge a resposta necessária, enfim, me decido. Não. Recuso-me a ceder ao final que, ainda que pareça perfeito, não desejo que seja o meu. Não. Não deixarei este mundo tão jovem. Não, não terei a mesma sina das outras mulheres da família. Algumas histórias nascem e se despedem de maneira inesperada. Assino em paz meu passado, este longo poema de ausências, minha oração. A posição de vítima eterna não honra a jornada do herói, assim, consigo perceber que preciso dar conta de uma nova narrativa, seguir em frente, achar meu caminho. Ele me ajuda a levantar e, depois de um abraço, lhe entrego então um novo início. Instantes depois, fecho os olhos, emocionada. Na palma da sua mão, chego até a conseguir ver meu livro.

CRONOLOGIA
Uma valsa para o esquecimento

1927 – Nasce Luiz Antônio Grimaldi
1930 – Nasce a Srta. de Menezes (conhecida como a filha do dono da relojoaria)
1945 – A Srta. de Menezes e Luiz Antônio Grimaldi se casam.
Nasce a primeira Maria.
Helena começa a trabalhar na mansão.
1947 – Nasce a segunda Maria
1949 – Nasce a terceira Maria
1952 – Nascem os gêmeos
1964 – Início da ditadura militar no Brasil
1965 – O caso é descoberto
1966 – O já Sr. Luiz Antônio Grimaldi vira governador
1968 – AI5
1971 – Os gêmeos tomam seus rumos
1988 – Teresa começa a fazer seu documentário

CRÉDITOS

Minha avó materna *Grace Kelly (Grimaldi)*
Tia Lauren *Lauren Bacall*
Tia Madeleine *Kim Novak*
Tia Eva *Jeanne Moreau*

OUTONO, 2020

Para as minhas filhas.

Renata Belmonte é autora de três livros de contos: *Femininamente* (Prêmio Braskem de Literatura, 2003), *O que não pode ser* (Prêmio Arte e Cultura Banco Capital, 2006) e *Vestígios da Senhorita B* (P55, 2009). Doutora em Direito pela Universidade de São Paulo (USP) e Mestre pela Fundação Getúlio Vargas (FGV), ela é também advogada.

Mundos de uma noite só

Copyright © 2020 Faria e Silva.

Faria e Silva é uma Empresa do Grupo Editorial Alta Books (Starlin Alta e Consultoria Ltda.)

Copyright © 2020 Renata Belmonte.

ISBN: 978-65-81275-06-8

Impresso no Brasil – 1ª Edição, 2020 – Edição revisada conforme o Acordo Ortográfico da Língua Portuguesa de 2009.

Dados internacionais para catalogação (CIP)

B451m   Belmonte, Renata
Mundos de uma noite só
Renata Belmonte – São Paulo: Faria e Silva
Edições, 2020
200 p. – Texto em transe
ISBN 978-65-81275-06-8

1. Romance – Brasil 2. Literatura Brasileira

CDD B869.3
CDD B869

Todos os direitos estão reservados e protegidos por Lei. Nenhuma parte deste livro, sem autorização prévia por escrito da editora, poderá ser reproduzida ou transmitida.

A violação dos Direitos Autorais é crime estabelecido na Lei nº 9.610/98 e com punição de acordo com o artigo 184 do Código Penal.

O conteúdo desta obra fora formulado exclusivamente pelo(s) autor(es).

Marcas Registradas: Todos os termos mencionados e reconhecidos como Marca Registrada e/ou Comercial são de responsabilidade de seus proprietários. A editora informa não estar associada a nenhum produto e/ou fornecedor apresentado no livro.

Material de apoio e erratas: Se parte integrante da obra e/ou por real necessidade, no site da editora o leitor encontrará os materiais de apoio (download), errata e/ou quaisquer outros conteúdos aplicáveis à obra. Acesse o site www.altabooks.com.br e procure pelo título do livro desejado para ter acesso ao conteúdo..

Suporte Técnico: A obra é comercializada na forma em que está, sem direito a suporte técnico ou orientação pessoal/exclusiva ao leitor.

A editora não se responsabiliza pela manutenção, atualização e idioma dos sites, programas, materiais complementares ou similares referidos pelos autores nesta obra.

Faria e Silva é uma Editora do Grupo Editorial Alta Books

Produção Editorial: Grupo Editorial Alta Books
Diretor Editorial: Anderson Vieira
Editor da Obra: Rodrigo Faria e Silva
Vendas Governamentais: Cristiane Mutús
Gerência Comercial: Claudio Lima
Gerência Marketing: Andréa Guatiello

Revisão: Gabriella Plantulli
Capa e Projeto Gráfico: Raquel Matsushita
Diagramação: Entrelinha Design
Imagem de Capa: foto de Raquel Matsushita

ALTA BOOKS
GRUPO EDITORIAL

Rua Viúva Cláudio, 291 – Bairro Industrial do Jacaré
CEP: 20.970-031 – Rio de Janeiro (RJ)
Tels.: (21) 3278-8069 / 3278-8419
www.altabooks.com.br – altabooks@altabooks.com.br
Ouvidoria: ouvidoria@altabooks.com.br

Editora afiliada à: